铁路边的孩子们

The Railway Children

〔英〕伊迪斯·内斯比特 / 著　刘巍 / 译

天津出版传媒集团
天津人民出版社

图书在版编目（CIP）数据

铁路边的孩子们 ／(英) 伊迪斯 · 内斯比特著 ；刘巍译. -- 天津 ：天津人民出版社，2020.11

书名原文：THE RAILWAY CHILDREN

ISBN 978-7-201-16494-6

Ⅰ. ①铁… Ⅱ. ①伊… ②刘… Ⅲ. ①儿童小说－长篇小说－英国－现代 Ⅳ. ①I561.84

中国版本图书馆CIP数据核字(2020)第191965号

铁路边的孩子们

THE RAILWAY CHILDREN

(英) 伊迪斯 · 内斯比特　著　刘巍　译

出　　版　天津人民出版社
出 版 人　刘　庆
地　　址　天津市和平区西康路35号康岳大厦
邮政编码　300051
邮购电话　（022）23332469
电子信箱　reader@tjrmcbs.com

责任编辑　伍绍东
封面设计　刘　艺
内文制作　刘增工作室（电话：13521101105）

制版印刷　三河市人民印务有限公司
经　　销　新华书店
开　　本　880毫米×1230毫米　1/32
印　　张　6.5
字　　数　180千字
版次印次　2020年11月第1版　2020年11月第1次印刷
定　　价　28.80元

目 录

第一章

缘　起

一开始，这些孩子还不是“铁路少年”。我猜他们压根儿就没想到过铁路，顶多也就知道，要去马斯基林与库克剧院、圣诞童话剧院、伦敦动物园、杜莎夫人蜡像馆，非得走铁路不可。他们只是郊区的普普通通的孩子，跟爸爸妈妈住在一栋普普通通的小房子里。房子的前面是红砖砌的，前门上镶着彩色玻璃，里面有一条铺了地砖的走廊，名叫“大厅”，有一间带冷热水的浴室，有电铃，有法式落地窗，刷了很多白漆，还有“一应俱全的现代便利设施”，房屋中介就是这么说的。

孩子一共有三个，老大是姐姐，叫诺贝塔。当然，妈妈对三个孩子是不偏不向的，可要是真有个偏向，那肯定是最喜欢诺贝塔。老二是弟弟，叫彼得，彼得长大了想当工程师。最小的妹妹菲丽斯，是个心地特别善良的小姑娘。

妈妈并不会成天拜访那些无聊的夫人，也不会闲坐在家里，让无聊的夫人来拜访她。她差不多随时准备着跟孩子们玩，给孩子们读书听，辅导孩子做作业。而且孩子们上学的时候，她还给孩子写故事，喝完茶之后，就大声给孩子们念出来。每当孩子过生日，或者别的重要场合，比如给刚生下来的小猫洗礼时，或者给娃娃的屋子做装修时，或者孩子们得了腮腺炎在养病时，她还总会写一些好玩的诗。

三个幸运儿总是什么都不缺：漂亮的衣服，旺旺的炉火，一间可爱的游戏室，里面有成对的玩具，还有一面“鹅妈妈”[①] 壁纸。家里有一位和蔼可亲、性格开朗的保姆，还有一条名叫詹姆斯的狗，是孩子们自己养的。他们还有一位堪称完美的爸爸——从来不生气，从来不偏袒，从来准备着玩游戏——至少，爸爸在没准备好的时候，理由总是很充分，而且跟孩子们解释理由时，说话又那么幽默风趣，让孩子们相信爸爸确实是身不由己。

你一定会觉得，三个孩子过得非常幸福吧。他们确实很幸福，但红色房子里的快乐生活寿终正寝之后，他们才意识到自己有多幸福，而这时候，他们已经不得不过上另一种不同的日子了。

那可怕的变故，降临得太突然了。

彼得十岁生日时，收到了一辆很特别的玩具蒸汽火车。这火车是要多完美有多完美，做梦都梦不到！别的礼物也都挺可爱，可这个玩具火车，真是比什么礼物都可爱呀！

就这么过了整整三天，玩具火车的魅力丝毫不减。但是，也不知道是彼得太没经验，或是菲丽斯的好心有点太着急了，还是什么别的原因，火车头忽然砰的一声炸了。小狗詹姆斯吓得要死，跑出去一整天都没回来。煤水车[②] 里头那些诺亚方舟的幸存者，全都

---

① 鹅妈妈（Mother Goose）是一个传说中的人物，一本著名童谣集《鹅妈妈童谣》的作者。这本书实际上应当是欧洲一些民间歌谣的汇编，最早出现在17 世纪的英国，收录了《玛丽有只小羊羔》《伦敦铁桥垮下来》等著名童谣，但包含了一些暴力和荒诞的内容，曲折地反映了当时的社会。

② 煤水车：连接在蒸汽机车上，用来存放煤、水、机车工具的特殊车厢，有煤槽、水柜、底架、转向架四个部分组成，用牵引杆和机车连在一起，一般挂在机车后方，也有在前方的。

炸得粉身碎骨，不过别的东西都没受伤，受了伤的，只有那个可怜的小火车头，还有彼得的感情。别人说彼得哭了一场——可是，不管这场给命运笼上阴影的悲剧有多么可怕，十岁的男孩子当然不会哭！彼得说，自己是感冒了，两个眼睛才会那么红的。结果感冒还真应验了，只是彼得这么说的时候还不知道。第二天，彼得只好又躺到床上，一直没起来。妈妈担心彼得没准儿是得了麻疹。这会儿，彼得突然在床上坐起来说：

“我讨厌麦片粥！我讨厌大麦茶！我讨厌面包牛奶！我要起来吃点真东西！”

妈妈问：“那你想吃啥呢？”

彼得眼巴巴地说：“鸽子馅饼！ 大大的鸽子馅饼，超级大的！”

妈妈就让厨师做了一个大大的鸽子馅饼。馅饼很快做好烤熟了，彼得大口吃了起来，但并没有吃完。彼得吃过了馅饼，感冒感觉好多了。做馅饼的时候，妈妈写了一首诗，来哄彼得高兴。一开始说彼得怎么不幸，但又是个多么宝贵的孩子，然后：

当年，他有过一个火车头，为它，付出了全心的热爱；
广阔天地间，他唯一的愿望，就是不让车头弄坏。

朋友们，千万把准备做好，我要说的事情最最可怕；
一天，有个螺丝突然发了狂，火车的锅炉就应声爆炸！

他一脸阴沉，将车头捡起，捧到了妈妈面前；
尽管他也没办法觉得，妈妈能把车头重建。

那些铁路上逝去的灵魂，他仿佛全不在意，
只因火车头的价值，盖过了一切生命的意义。

如今，咱彼得害病的原因，您想必已经一目了然；
鸽子馅饼，却能将心痛抚平，不论悲戚有多么不堪！

于是他拟定了恢复的良策，来战胜他命运的凄惨；
把浑身裹上暖暖的被子，再一觉，直睡到日上三竿。

要是您看着他，两眼通红——感冒啦！这借口还不稳妥？
把馅饼一递，您就知道，他必然会一把接过！

爸爸去乡下已经三四天了。彼得盼着他苦难的火车头能够恢复原状，如今这点盼头全都落到了爸爸身上。爸爸的手指是天底下最灵巧的，什么都能修好！以前他总是给家里的摇摆木马当外科大夫。有一次，木马实在坏得太厉害，别人尽了全力都没法修好，可怜的木马就要扔掉了，连木匠也说，看来没治了。结果是爸爸救了木马一命！还有，玩具娃娃的摇篮坏了，别人修不好，也是爸爸给修好了。只要准备点胶水和木块，再有一把铅笔刀，诺亚方舟的动物们就会跟以前一样，稳稳当当站在别针上，兴许比以前还稳当哩。

彼得有着英雄一般的无私精神。他一直等到爸爸吃完了饭，又抽完了雪茄烟，才说起火车头的事。这无私精神，其实是妈妈的主意，但却是彼得做的执行。而且无私精神需要的耐心也不小呢。

最后，妈妈对爸爸说："那，亲爱的，要是你休息好了，感觉也挺舒服了，我们就想跟你说说那场家里头的铁路大事故，咨询咨询你的意见。"

爸爸说："好啊，尽管说吧。"

彼得就讲了那个悲伤的故事，还把火车头的残骸取了来。

爸爸仔仔细细查看了一遍火车头："嗯……"

三个孩子连大气也不敢出。

彼得说话了，声音很低，还发颤："是不是没希望了？"

爸爸愉快地说："没希望？怎么会？希望大着呢。可是，火车头需要希望，还需要点别的东西，比如说，来点硬焊，或者软焊，还得来个新阀门。我觉得，还是等到下雨天再修吧。也就是，整个周六下午，我就什么都不干了，专门修这个，你们都来给我搭把手。”

彼得带着怀疑的口气问道：“女孩子也能帮着修火车头么？”

“当然能啊。女孩子跟男孩子一样聪明，你可别忘了！菲尔[③]，你想当火车司机吗？”

菲丽斯没啥热情：“那我这张脸，是不是就老得脏兮兮的啦？我说不定还会把什么东西打碎哩。”

诺贝塔说：“我应该会挺想当司机的。诶，爸爸，你觉得我长大了能当司机吗？能当锅炉工人吗？”

“你是说司炉吧。”爸爸边说边摆弄火车头，“你要是还愿意当，等你长大了，咱们就看看你当‘女司炉’怎么样吧！我还记得，我小时候——”

就在这时，有人敲响了前门。

爸爸说：“这是谁啊？俗话说，英国人的家就是一座城堡（别人不能随便往里闯的），可我真希望这小房子能配上护城河，配上吊桥，与世隔绝一点儿呀！”

露丝进来了。露丝是家里的客厅女仆[④]，是个红头发的姑娘。她说，有两位绅士要拜访主人。

露丝说：“先生，我把他们请到书房去了。”

妈妈说：“没准儿是让我们捐助教区牧师的奖金，要不然就是唱诗班的募捐。亲爱的，把他们快点儿打发走吧。这样一个全家团聚的晚上，就让他们给打乱了，再说孩子们也差不多该睡觉了。”

③ 菲尔（Phil）是菲丽斯（Phyllis）的简称，这个名字还可以作为男孩名字“菲利普”（Philip）的昵称。

④ 客厅女仆（parlour-maid）：英国上层家庭的一种女仆，19 ~ 20 世纪初很常见，工作主要包括整理客厅、书房、餐厅，迎接客人、端茶倒水等。

可是，爸爸好像完全没法把两位绅士快点儿打发走。

诺贝塔说："我可很希望这屋子真有护城河跟吊桥啊。这样要是咱们不想让谁进来，就把吊桥拉起来，谁也别想进来了。我猜，要是那俩人待得太久了，爸爸都该忘了他小时候怎么样了！"

妈妈讲起了一篇新的童话故事，一个绿眼睛公主的故事，想要打发时间。可着实不容易，因为他们都听得见书房里头爸爸跟那两个客人说话的声音，要是客人真是为了推荐信和募捐来的，爸爸应该也不会这么说话——嗓门太大了，腔调也不一样。

然后，书房的铃响了，大家都长出了一口气。

菲丽斯说："他们要走了。爸爸按的是送客铃，该送他们出去了。"

可是，谁也没送出去，反倒是露丝从外头把自己送进来了。孩子们都想：露丝怎么看着这么奇怪呀？

露丝说："太太，打扰了，先生让您去他书房一趟。太太，先生看着就像个死人。我觉得他一定听见了什么不好的消息。您还是做好最坏的准备吧，呃——没准儿是家里有人没了，要不就是银行叫人抢了，要不——"

妈妈轻声说："好了，露丝。你先走吧。"

然后，妈妈进了书房，跟爸爸谈了好一会儿。然后铃又响了，露丝叫来一辆出租马车。孩子们听见靴子的声音，走出去，下了台阶。马车走了，前门也关了，妈妈就进来了，脸色跟身上穿的蕾丝领子般惨白，眼睛也睁得老大，闪闪发光，嘴看着就像是一条淡红的细线——嘴唇很薄，也完全不是平时的形状。

妈妈说："该睡觉了。露丝会照顾你们睡下。"

菲丽斯说："可是您不是说，爸爸要回来，我们今天应该晚点睡吗？"

妈妈说："爸爸让人叫走了——生意上的事儿。来吧，宝贝们，快去睡觉吧。"

孩子们亲了亲妈妈就走了。诺贝塔多待了一会儿，又抱了妈妈一次，悄悄说：

"妈，没有坏消息吧？是不是有人去世了，还是……"

"没人去世，没有。"妈妈简直是把诺贝塔推开的，"宝宝，今天晚上不能跟你说。亲爱的，走吧，快去睡觉！"

诺贝塔就去睡了。

露丝给女孩们梳过了头发，帮她们脱了衣服（以前妈妈差不多总是自己来照顾孩子）。露丝关了煤气灯，告别了女孩子们，又看见彼得还穿着白天的衣服，在楼梯上等着。

彼得问："我说，露丝，出什么事了？"

红头发的露丝回答："别问我，我可不跟你说瞎话。你很快就会知道了。"

那天深夜，妈妈又上楼来，亲了亲睡着的三个孩子。这么一亲，只有诺贝塔醒了，她一动不动地躺着，也一句话都没说。

诺贝塔听到了妈妈的哽咽在黑暗中传来，心里说："妈妈要是不想让我们知道她在哭，我们就不会知道的。就这样。"

第二天，孩子们下楼吃早饭的时候，妈妈已经出去了。

露丝说："她去伦敦了。"就让孩子们自己吃饭了。

彼得一边打鸡蛋一边说："出了特别糟糕的事。昨天晚上露丝跟我说，咱们很快就会知道什么事啦。"

诺贝塔语调里含着讥讽："你问她啦？"

彼得生气地说："我问了！你可以不管妈妈担心不担心，自个儿上床睡觉去了，我可做不到！"

诺贝塔说："我觉得，妈妈不告诉咱们的事儿，咱们不该跟仆人打听。"

彼得说："对呀，你这个假善人[⑤]小姐！你就说教去吧！"

菲丽斯说："我才不是假善人呢！可我觉得贝贝[⑥]这次说得没错！"

彼得说："当然啦！她永远都没错——她自己觉得！"

诺贝塔把挖鸡蛋的勺子放下，大声说："好了！别这么你凶我、我凶你了，不行吗？肯定有什么祸事发生了，咱们就别把事儿搞得更糟了！"

彼得说："那我想问问，谁先挑事儿的？"

诺贝塔下了下决心，才说："应该是我吧，可是……"

彼得洋洋得意："那好吧！"不过，彼得上学之前，还是紧紧搂着姐姐，让她打起精神来。

下午一点，孩子们回家吃饭了，可妈妈不在家，下午茶的时候也没回家。

快七点了，妈妈才进了家门，模样憔悴极了，也疲累极了，孩子们觉得，可千万不能再问她问题了。妈妈瘫在一把扶手椅上，菲丽斯把她帽子上的长别针给摘了下来，诺贝塔给她摘了手套，彼得松开妈妈的鞋带，给她拿来了软软的丝绒拖鞋。

妈妈喝过了茶，诺贝塔又在她阵阵作痛的头上抹了古龙水，妈妈这才说：

"孩子们，我跟你们说个事儿。昨天晚上，那俩人确实带来了特别不好的消息。爸爸要出去一段时间了。我特别担心他，我想让你们都来帮我，别再让我不好过了。"

诺贝塔拉过妈妈一只手，贴在自己脸上："我们怎么会让您不好过呢！"

---

⑤ 假善人（goody-goody）：指表现得特别友善，虚情假意，讨好父母或上级的人。

⑥ 贝贝：诺贝塔的昵称，这个名字还可以作为男孩名字"鲍伯"（Bob）的昵称。下文会多次出现这个名字。

“你们可以帮我好大的忙。只要你们做个好孩子，高高兴兴的，我出门的时候，你们别吵架就行了（诺贝塔和彼得内疚地对看了一眼）。”妈妈又说，“因为我肯定得有好一阵子不在家了。”

大家都认认真真地说：“我们不吵架，肯定不吵！”

妈妈接着说：“那这件事，我要你们什么都别问，不管是我还是其他人。”

彼得往后一缩，拖着脚在地毯上挪了几步。妈妈说：“这你们也能保证做到，对吧？”

彼得说：“我问了露丝来着，妈妈，真对不起，可是我问了。”

“露丝说什么？”

“露丝说我很快就会知道。”

妈妈说：“你们什么也不用知道。是工作上的事。你们可不懂工作，对吧？”

诺贝塔说：“嗯，不懂。是政府的事吗？”爸爸在一个政府部门上班。

妈妈说：“是的。宝宝们，该睡了。你们别担心，都会好起来的。”

菲丽斯说：“那您也别担心呀！我们都会很乖很乖的！”

妈妈叹了口气，挨个儿亲了三个孩子。

孩子们往楼上走，彼得说：“咱们明天早上起来第一件事，就是当个乖孩子。”

诺贝塔说：“为啥不现在就当？”

彼得说：“现在当乖孩子，也没有乖孩子该做的事呀！”

菲丽斯说：“兴许咱们可以试着感觉好一点儿，也别叫人家外号了。”

彼得说：“谁叫外号了？贝贝（诺贝塔）知道，我管别人叫‘傻蛋’的时候，就跟我叫贝贝一样。”

诺贝塔说："好吧！"

"不是，我意思跟你意思不一样。爸爸管这个叫什么来着？对了，'爱称'！晚安吧。"

两个女孩子把衣服叠起来，叠得比平时更整齐——她们现在，只能想到这么做个乖孩子。

"我说，"菲丽斯压平了自己的护胸围裙，"你以前不是说，太无聊了，什么事也没有，像书里头那些事儿。现在可真出事啦！"

诺贝塔说："我从来没想要出了事让妈妈不开心，现在什么都可怕得要命！"

接下来的几个星期，还是照样可怕得要命。

妈妈差不多一天到晚都在外边。饭呢，又不好吃又不干净。管杂务的女仆⑦让人送走了，艾玛姑姑来照看他们。艾玛姑姑的年纪比妈妈大得多，快要去外国当家庭教师了。姑姑忙着收拾衣服，那些衣服又脏又难看，姑姑还总是把衣服扔得到处都是，缝纫机也从早响到晚，夜里还响上大半夜。艾玛姑姑觉得，孩子就应该老老实实待在该去的地方；孩子们就客客气气躲着她，艾玛姑姑觉得哪儿不该去，孩子们就觉得哪儿该去。于是孩子们根本不把姑姑放在心上，宁愿让仆人们陪着，仆人起码还让人开心一点。厨师心情好的时候爱唱滑稽歌曲；孩子们要是碰巧没惹着女佣，她还会学各种各样的声音，什么母鸡下蛋啦，开香槟酒瓶子啦，两只猫打架咪咪叫啦。仆人们一直没告诉孩子，那两位绅士到底给爸爸带来了什么坏消息，却一直在暗示，想说就能说上一大堆。这可叫人真不好受啊！

---

⑦ 管杂务的女仆（between-maid）：一种低级女仆，奔走在管家、厨师等高级仆人之间，起联络协调的工作，因此得名。与前文的客厅女仆职务不同。

有一天，彼得在厕所门框上边做了个小陷阱，露丝从门里走过去的时候，正好中了招。红头发的客厅女仆揪住他，给了他一个嘴巴。

露丝气急败坏："你将来肯定好不了！你，你这个小贱蹄子！你要是不改好了，你那好爸爸去哪儿，你就去哪儿！我把话撂这儿！"

诺贝塔把这事儿告诉了妈妈，第二天露丝就卷铺盖走人了。

后来有一阵，妈妈回家就上了床，躺了整整两天。大夫来了，孩子们可怜巴巴地猫在屋子里，这儿一个，那儿一个，寻思世界末日可能就要到了。

一天，妈妈终于下楼吃早饭了，面色苍白得不行，脸上还添了皱纹。妈妈勉强笑笑说：

"哎，宝贝儿们，一切都安排好啦。咱们得搬出去，住到乡下了。那是一栋又漂亮又可爱的小白屋。你们肯定喜欢。"

接着又收拾了一个星期，忙得团团转——不光是跟去海边儿一样得收拾衣服，还得收拾桌子椅子，上边蒙上帆布，腿上绑了稻草。

要是去海边玩，有不少东西是不用打包的，这些东西也全都打了包。陶器、毛毯、蜡烛台、地毯、床架子、平底锅，连壁炉栅栏、生火的工具都收拾起来了。

这下子，房子就活像个家具仓库了。我想孩子们一定很喜欢这仓库吧！妈妈也很忙，但还能忙里偷闲跟他们聊聊天，给他们念念书。有一次，菲丽斯拿着一把螺丝刀摔倒了，让螺丝刀把手戳破了，妈妈还给菲丽斯写了一首诗哄她高兴哩。

家里有个柜子，很漂亮，镶着红色玳瑁壳和黄铜。诺贝塔指着柜子问："妈妈，这个不收拾了吗？"

妈妈说："有些东西带不走啊。"

诺贝塔说："可是，咱们好像什么丑丑的东西都带上啦！"

妈妈说："乖孩子，我们带上的是有用的东西。我们要玩一会儿游戏啦，游戏的名字叫'装穷'。"

丑丑的有用的东西，都包好了，有一帮人穿着绿绒布围裙，把东西全都装上大篷车运走了。这时候，两个女孩子、妈妈还有艾玛姑姑，就睡在两个空房子里，家具全都漂漂亮亮的，床已经都没了。客厅沙发上给彼得铺了一张床。

妈妈给彼得掖被子，彼得就开心地扭呀扭："我说，真好玩！我好喜欢搬家呀，一个月搬一回多好！"

妈妈笑了。

她说："我可不喜欢搬家！儿子，晚安！"

妈妈转身，诺贝塔看见了妈妈的脸。那张脸让她一辈子忘不掉。

"啊，妈妈！"诺贝塔上了床，一边悄悄自语："您真勇敢啊！我真爱您啊！真想不到，您那么伤心，还能勇敢的笑出来！"

第二天，一批箱子都装满了，接着还有第二批第三批。快傍晚的时候，来了一辆马车，要接他们去火车站。

艾玛姑姑来送他们，但孩子们觉得其实是自己在送艾玛姑姑，一个个都开心着呢。

菲丽斯小声说："哎呀，可是，那些她要教的外国小朋友该多可怜啊！不管给我什么，我都不想当他们！"

一开始，孩子们挺喜欢窗外的风景，天色慢慢暗下来，他们也越来越困了。谁也不知道在火车上过了多久，最后妈妈轻轻摇醒了孩子们，说："宝贝们，醒醒，到啦！"

孩子们醒了过来，觉得浑身发冷，满心惆怅。站台上吹着冷风，众人站着瑟瑟发抖，行李一件一件从火车上拿了下来。火车头冒着烟喷着汽，又发动起来，把火车拉走了。孩子们望着火车的尾灯在黑夜中消失了。

这是孩子们在那条铁路上看见的第一列火车，这火车，将来会变得无比亲切。那时候，他们还没想到长大了会爱上铁路，也没想到铁路会何等迅速地成为新生活的核心，会给他们带来怎样的惊奇和巨变。此时，他们只是发着抖，打着喷嚏，盼着从这儿到新家别太远。彼得鼻子都冻僵了，觉得生下来就没这么冻过。诺贝塔的帽子歪了，帽子上的松紧带好像也比平时紧了。菲丽斯的鞋带开了。

妈妈说："来吧！这儿没有马车，咱们得走路了。"

道路泥泞又黑暗。孩子们走在崎岖的路上，脚步有点儿不稳。还有一次，菲丽斯没留神，摔到了一滩泥水里头，让人搀起来，弄湿了衣服，弄得满心不高兴。路上没有煤气灯，还是一条上坡路。运行李的马车在前面缓步而行，众人就循着车轮轧过砂石的嘎嘎声，跟在后面。眼睛慢慢儿适应了黑暗，看见了眼前那一堆箱子正在昏暗中摇摇晃晃。

前面有扇宽阔的大门打开，让马车过去了。进了大门，道路穿过了一片田野，又走了下坡。没多久，右边就出现了一大块黑黑的东西。

妈妈说："房子就在这儿。太太怎么把百叶窗拉上了？"

诺贝塔问道："太太是谁呀？"

"我请来打扫屋子的，她还负责摆家具，做晚饭。"

众人看见一面矮墙，里头种着树。

妈妈说："这就是花园。"

彼得说："倒像个接油盘，盛了一盘子乌白菜哩！"

马车沿着花园的矮墙一路往前，绕到了房子背后，又吱吱嘎嘎地驶进了一个铺着鹅卵石的院子，在房子后门停下了。

窗户里头一点光亮也没有。

众人拼命砸门，也不见人出来。

马车夫说，维妮太太可能已经回家了。

他说："您瞧，您那班火车也实在太晚。"

妈妈说："可她拿着钥匙呢，咱们怎么进去啊？"

车夫说："哦，她肯定把钥匙留在门口台阶下边了。在这附近，人们都这么干的。"车夫把灯笼从车上拿下来，在台阶上摸了摸。

车夫说："瞧，就在这儿呢，一点不错！"

车夫拿钥匙开了门，进了屋，把灯笼放在桌子上。

他说："有蜡么这儿？"

"什么东西我都不知道放哪儿呢。"妈妈的口气远不如平时快乐。

车夫划着火柴，看见桌子上摆着一根蜡烛，就把蜡烛点亮了。孩子们就着微弱的火光，看见这是一间很大的厨房，空空如也，铺着石头地板。没有窗帘，也没有壁炉前面的装饰地毯。家里运来的餐桌，立在屋子中间。一个屋角堆着椅子，另一个屋角堆着壶、锅、笤帚、餐具。炉子里没有生火，黑色的炉栅上满是冷冷的炉灰，一点儿火星都没有。

车夫把箱子搬进来，转身往外走。就在这时，响起了一阵沙沙的声音，像是墙里面有什么东西在跑来跑去。

两个女孩叫道："啊，那是什么东西呀？"

车夫说："几个大耗子而已。"他出去关了门。门一关，扇起一阵风，把蜡烛吹灭了。

菲丽斯说："妈呀，还不如不来呢！"把一个椅子碰翻了。

彼得在黑暗里说："几个大耗子，还而已！"

第二章

彼得的煤矿

“多好玩呀！”妈妈在黑暗中，摸索着餐桌上的火柴，“可怜的小耗子，该多害怕呀！——我可不信那是大耗子！”[①]

妈妈划了根火柴，重新点亮了蜡烛。众人就着闪闪烁烁的烛光，面面相觑。

妈妈说：“好啦，你们不是总盼着有点儿新鲜事吗？现在有啦。这冒险挺好玩的，是吧？我跟维妮太太说了，让她给咱们拿点面包黄油，还有肉跟别的东西，让她把晚饭给预备好了。她应该把东西都放在餐厅了吧。咱们过去看看。”

餐厅在厨房里屋。众人举着那根蜡烛进去，感觉餐厅比厨房还要黑得多，因为厨房刷白了，餐厅却从地板到天花板全是深色木板，天花板上横穿着几根沉重的黑色屋梁。落满尘土的家具，摆成了一个乱糟糟的迷宫——这些就是以前的早餐厅的家具，从一家人

---

① 小耗子（mouse）和大耗子（rat）的区别：因为mouse 和rat 在汉语的日常用语里都说成“老鼠”，中国读者在看这种英文文本的时候经常困惑。mouse 的代表种，学名叫“小家鼠”；rat 的代表种，学名叫“褐家鼠”。褐家鼠长度大概在18～25厘米，尾巴比身体短，性情凶猛，还可能捕食小家鼠，在西方文化里是一种让人厌恶的动物。相对而言，西方人对mouse 就比较喜爱，这才催生了“米老鼠”和“精灵鼠小弟”这样的卡通形象。

一直住着的老房子运来的。这房子看起来非常古老，离他们原来的家也非常遥远。

餐厅里有餐桌，还有椅子，却没有晚饭。

妈妈说："咱们再看看别的屋子。"众人挨个儿找了一遍，别的房间也都是同样的笨重家具，只布置好了一半。地板上散放着生火的工具、陶器，还有各种各样的古怪物件，可就是没有吃的东西。连储藏室里头，也只有一个生了锈的蛋糕模子，外加一个碟子，已经打坏了，里头混着点儿增白剂。

妈妈说："这老太太真吓人！她拿了钱就一走了之，什么吃的也没给咱们送来！"

"那咱们就压根吃不上晚饭啦？"菲丽斯心烦意乱地往后退，踩碎了一只肥皂盒。

妈妈说："吃得上！只是有一样，之前往地窖里头放了不少大箱子，咱们得把那些大箱子打开一个！菲尔，你走路一定得看着点儿，这才是好孩子。彼得，帮我举着蜡烛！"

地窖门在厨房里头，开了门，是一个往下的木头台阶，一共有五级。孩子们觉得，这屋子其实并不算地窖，因为天花板跟厨房一般高。天花板上吊着一个熏肉架子，地窖里放着煤块跟木柴，还有那些大号行李箱，全都放在一边。

彼得举着蜡烛，妈妈拼命要打开包装好的大箱子，箱子上的钉子特别紧，一时打不开。

彼得问："锤子呢？"

妈妈说："问题就在这儿，恐怕锤子也装到箱子里边了。不过，那儿有个煤铲子——那儿是厨房的火钳子！"

妈妈就拿了这两样东西，要把箱子打开。

彼得说："我来吧！"他觉得自己来做肯定更好。其实，不管是谁，只要看见别人把火拨旺了，把箱子打开，解开丝线上的结，都会觉得“我动手肯定比你做得好”。

诺贝塔也说：“妈妈，你会伤着手的。我来吧。”

菲丽斯说：“爸爸在这儿就好了。他两下子就能撬开。贝贝，你踢我干啥？”

诺贝塔说：“我没踢你！”

这时，包装箱上那些长钉子，终于有一颗“嘎吱”一声出来了。然后，一根板条也有一头撬了起来，接着是第二根板条，最后，四根板条全都带着钉子，高高扬起，钉子在烛光下闪闪发亮，好像钢铁的尖牙。

“太棒了！”妈妈说，“蜡烛在这儿呢，先拿这个！姑娘们，你们负责点蜡。找几个碟子什么的，把蜡油往碟子上滴一点，把蜡烛粘在蜡油上边。”

“点多少蜡烛？”

妈妈开心地说：“想点多少就点多少吧！能高高兴兴的，多好啊！谁在黑灯瞎火的地方也高兴不起来，也就只有猫头鹰跟睡鼠才行！”

姑娘们就把蜡烛点上了。划第一根火柴的时候，火柴头掉了，粘在了菲丽斯手指头上。不过，就跟诺贝塔说的一样，只是一点小烧伤，要想整个儿人都烧了，恐怕只能碰巧生在古罗马时代，当个基督教的殉教者才行，那年月这种事儿才流行哩。十四根蜡烛把餐厅照亮了。诺贝塔取来了煤和木柴，把火生了起来。

诺贝塔学着大人的口气说：“五月份，这种天可真够冷的啊。”

火光和烛光让餐厅整个儿变了模样。现在瞧得见暗色的墙壁都是木头，到处是小小的圆圈纹路。

姑娘们匆匆“收拾”了一下房间，也就是把椅子靠墙放着，把各种零零碎碎堆在一个屋角，又拿一把大号的扶手皮椅子，将零碎遮住了一块。以前爸爸吃完了晚饭，坐的就是这把椅子。

“漂亮！”妈妈端着一盘子东西进来了，“这个我喜欢！我这就拿个桌布来，然后——”

放桌布的箱子，有一把专门的锁，是拿钥匙打开的，不是拿铲子撬开的。桌子上铺好了桌布，桌布上又摆上了一份地道的宴席。

大家都累得要命，可是一看见这么有趣又好玩的晚饭，劲头儿就又上来了。有玛丽饼干、普通饼干、沙丁鱼、腌姜、调料葡萄干、糖渍果皮、橘子酱。

妈妈说：“多亏了艾玛姑姑，储藏室碗柜里那些零零碎碎，她全给收拾出来了！菲尔，那个橘子酱勺子，你可不能往沙丁鱼里头放！”

菲尔说：“知道了，妈妈，我不放了。”就把勺子放在了玛丽饼干中间。

诺贝塔忽然说：“咱们干一杯，祝艾玛姑姑身体健康吧！她要是没收拾好这些东西，咱们该怎么办啊？敬艾玛姑姑！”

这一杯喝的是姜汁葡萄酒和白水，用的是带着柳树花纹的茶杯，因为找不着玻璃酒杯。

大家都觉得可能对艾玛姑姑有点太不好了。艾玛姑姑不像妈妈那么和蔼可亲，可毕竟是她，想到了要收拾各种各样的东西，让他们吃上饭呀！

艾玛姑姑还把床单也都晾好了，那些搬家具的人已经把床架子组装到了一块儿，所以没过多久，床也铺好了。

妈妈说：“小鸟儿们，晚安！我肯定这儿不会有大耗子，不过，我还是把我的房门敞着，要是真有小耗子来了，你们就喊我，我就过来，告诉这个小耗子，我对它有什么看法！”

妈妈说完就回自己房间去了。诺贝塔醒过来，听见那只小小的旅行闹钟敲了两下。诺贝塔总觉得，旅行闹钟的声音就像教堂钟声那么遥远。她还听见，妈妈依然在房间里走来走去。

第二天早上，诺贝塔叫菲丽斯起床，揪了揪菲丽斯的头发。动作很轻，可也足够把她弄醒了。

菲丽斯这时候还睡得正香哩，问道："啥事儿呀？"诺贝塔说："醒醒，你醒醒！我们搬到新家了——你忘啦？仆人没有了，什么都没有了！咱们快点起来，做个有用的人吧！咱们就悄没声儿溜下去，趁妈妈还没起，把东西都给它准备好了！我去叫彼得，咱们穿好了衣服，他也该穿好了！"

俩姑娘飞快地穿好了衣服，一点儿声音都没出。房间里头当然没有自来水，俩人下楼，就在院子里的压水机上拼命洗了一通，这个压水，那个洗，溅得身上都湿了，可是太好玩啦！

诺贝塔说："这比拿脸盆洗脸好玩多了！石头缝儿中间的小草多鲜亮啊！还有屋顶上的青苔——啊，还有花儿！"

后厨房的屋顶是往下斜的，斜到很低的位置。屋顶是茅草，上面长着青苔，还有长生草、景天、壁花，远远的角落里还有一簇紫色的鸢尾花哩！菲丽斯说："这儿比艾奇库[②]别墅要漂亮太多太多太多啦！不知花园里什么样儿？"

诺贝塔精神抖擞："咱们先别管花园，先进屋干活儿吧！"

孩子们生了火，坐上了水壶，摆好了早上的餐具，只是有些东西找不着了，不过他们拿了个玻璃烟缸，当盐瓶子蛮不错。还有一个半新不旧的烤面包模子，用来烤面包倒挺合适——只要有面包。

---

② 艾奇库：孩子们原来住处的名字，位于伦敦附近。

最后，能做的应该都做完了，孩子们又出去，走进了鲜鲜亮亮的晨光。

彼得说："咱们去花园吧！"可是，不知怎的，他们绕着屋子转了又转，就是找不着花园。房屋后面是院子，院子对面有牲口棚，还有些附属建筑。房屋的左右和前方只有一片农田，农田外面是柔顺的草地，生着矮矮的青草。农田和草地之间并不见一丝花园的影子，可他们昨天晚上分明看到了花园的。

这是一片山峦起伏的土地。孩子们看见山下有铁道，还有一个黑洞洞的隧道口，张着大嘴打呵欠，但是看不见火车站。山谷一头，有一座桥洞很高的大桥横跨而过。

彼得说："甭管花园了。咱们下去看看铁道吧！没准有火车过去哩。"

诺贝塔说："这儿不也看得见火车嘛，先坐会儿吧。"

三个人都坐在一块平平的灰色大石头上，石头在青草之间拔地而起。山坡上还有好多这样的石头，这儿一块，那儿一块。到了八点，妈妈出来找他们，发现三个人挤在一块儿，让太阳晒得暖洋洋的，睡得正香呢。

孩子们生火生得不错，早上五点半就把水壶坐到火上了。结果到了八点，火已经灭了一会儿，水都烧干了，还把壶底也烧穿了。而且他们摆餐具的时候还忘了洗。

妈妈说："不过，没关系呀！——我是说杯子碟子什么的。因为我已经找到了另外一间屋子，我都忘了还有这么一间了。好神奇！至于泡茶的开水，我也拿汤锅烧好啦。"

妈妈找到的屋子，是在厨房的里屋。昨天晚上大家太忙乱，光线又太暗，就把那个门当成壁橱门了。这屋子是一个小小的方形屋子，屋里，桌子上，全都摆好了，有烤牛肉冷盘，还有面包、黄油、奶酪，外加一块馅饼。

彼得叫起来：“早饭吃馅饼，实在太棒了！”

妈妈说：“不是鸽子馅饼，是苹果馅饼。哎，本来应该昨天晚上吃了的。”维妮太太还留了个条子。她女婿胳膊骨折了，只能提早回家去了。今天早上十点她还过来。

早餐美妙极了。本来早上吃苹果馅饼有点不太寻常，但孩子们都说，与其吃肉，还不如吃苹果馅饼。

彼得还想多吃点儿，一边把盘子往前递，一边说：“我们起得这么早，说这顿饭是早饭，还不如说是晚饭呢。”

整整一天，孩子们都在帮着妈妈拆包裹、理东西。六只小胳膊抱着衣服和坛坛罐罐，各种各样的东西都各归其位。六条小腿跑来跑去，跑得又酸又痛。快到傍晚了，妈妈才说：

“行啦！今天就这样了。我先躺一个钟头，等到吃晚饭，我就能跟百灵鸟一样精神了。”

大家都互相瞧了瞧，三张表情丰富的小脸儿，表达的都是同一个想法。这想法是两句话，两句话组成一对儿，跟《儿童百事问》[③]那种书里的短句差不多，一问一答：

问：我们要去哪里？

答：去铁路。

于是孩子们就向着铁路出发了。他们刚刚启程，就看见了花园藏身的地方——就在马厩的后面，周围是一圈高墙。

---

③ 儿童百事问：当指19世纪英国一套著名的儿童读物，编者是女作家F.沃德，最早出版于1828年，用简短的问答形式普及了科学、社会、历史等百科知识，类似中国的《十万个为什么》，但每一个问题的答案不是文章，而是短句。这是对书里格式的模仿和调侃。

彼得说："别管花园了！花园在哪儿，妈妈上午跟我说了。反正花园明天也没不了，今天先去铁道边上吧！"

去铁道的路是一路下山，路上都是柔软的草地，到处生着一丛一丛的金雀花，还有灰的黄的石头，突出地面，活像插在蛋糕上的糖渍果皮。

路的尽头是一片陡坡，还有一道木栅栏。铁道就在栅栏对面，钢轨锃亮，还有电报线、电线杆、信号机。

三个孩子都翻过栅栏，突然响起了一阵隆隆声，孩子们顺着铁道线朝右望去。隧道那黑洞洞的大嘴，开在一面陡峭的岩壁上。刹那间，就有一列火车尖叫一声，喘着粗气，冲出隧道，喧响着奔驰而过。孩子们感到了火车经过时卷起的疾风，铁道上的鹅卵石在火车下面乱跳，沙沙作响。

诺贝塔深吸一口气："哇！好像一条大飞龙呼啦一下子飞了过去，拿滚烫的翅膀扇咱们呢！你们感觉到了没？"

菲丽斯说："我觉得，飞龙的老巢，外边看着，跟那个隧道一定特别像。"

彼得却说："我从来没想过，咱们能跟火车挨得这么近。这个游戏，实在是太妙了！"

诺贝塔说："比玩具火车头好吧？"

（不知怎的，我叫诺贝塔这个名字觉得挺别扭，可是叫别的名字就没这么别扭。人们都叫她贝贝，我觉得我也应该这么叫。）

彼得说："不知道。两个肯定不一样啦。看见整个的火车，我觉得挺奇怪的。这火车高得吓人，你们说是不？"

菲丽斯说："以前看见火车，火车总是让站台给切成上下两半。"

贝贝说："这火车是不是去伦敦的呀？爸爸就在伦敦呢。"

彼得说："咱们去车站，看看是不是！"

众人就去了车站。

孩子们沿着铁道一路走，听着头上的电报线嗡嗡作响。坐火车的时候，电线杆之间好像特别特别近，架着电线，一根接一根，简直数不过来。可到了走路的时候呢，电线杆却看着那么少，间隔又那么远。

不过，孩子们最后还是走到了车站。

三个人以前谁也没来过车站，来了也是为了赶火车，大概也包括等火车，还总是跟着大人。那些大人自己呢，对车站一点儿兴趣也没有，只是把车站当成个想要快点离开的地方。

他们以前谁也没来过信号站附近，近到连电线都瞧得见；以前谁也没听到过那神秘的“砰砰”声，接着又是机器浑厚而坚韧的嗒嗒作响。

铁轨下面的枕轨，就是一条路，走起来好玩极了。枕轨之间的距离刚好能让贝贝当垫脚石，玩一个临时发明的“过河”游戏④。然后，进车站不走售票处，而是从站台的斜坡尽头进来，这种“强盗行径”，本身也算乐事一件！

还有一件乐事，那就是偷看搬运工的屋子，屋里有灯，墙上贴着铁道日历，还有个搬运工，脸上盖着报纸打盹儿。

车站的铁轨有一大堆交叉线，有些铁轨伸到一个院子里头，就戛然而止了，好像铁轨不想再干活儿，想永远退休似的。货车车厢停在铁轨上，车厢一侧放着一大堆煤——不是跟你家里的煤窑那样散放的，而是一座用煤块堆成的坚固房子，外面是方形的大煤块，用处就跟砖头一样，从下往上一层一层盖起来，最后堆得活像《幼

④ 过河游戏：贝贝想象中的游戏。因为轨枕之间有距离，可以让她在上面跳跃，她就把这个地形想象成了一条湍急的河流，她在踩着石头过河。

儿圣经故事》里面的“旷野之城”⑤。煤墙快到顶上的地方，用白石灰刷了一道线。

车站房门的上方，悬着一个电铃。电铃尖尖地响过两次，很快，车站上的搬运工就懒洋洋踱出了房间。彼得尽量彬彬有礼地说道：“您好吗？”又赶紧问搬运工，煤堆上那个白印子是做什么用的。

搬运工说：“是为了标出来一共有多少煤，这样，要是有人偷煤，我们就知道了。小少爷，你可别临走还往兜里揣点儿！”

这当儿，这句话看着也不过是个逗乐子的玩笑，彼得马上感觉，这搬运工挺和善的，也是个不会乱说话的人。但是，后来这句话，却带着新的含义，回到了彼得身边。

您是否有过这样的经历：在烤面包的日子走进一家农庄的厨房，看到一大坛子生面团，放在炉火旁边准备发面？要是有过，要是您当时年纪还挺小，看见什么都觉得特别新鲜，您就会记得，当时怎么也挡不住诱惑，非要把手指头戳进那圆圆的软面团里去，面团正窝在平底锅里，活像个巨型蘑菇。您还会记得，手指在面团里头留下了一个凹痕，那凹痕慢慢地、却又实实在在地消失了，面团看着就跟没碰的时候一样。当然啦，除非您的手特别脏，那样面团上肯定就该留下个小小的黑印子了。

嗯，孩子们因为爸爸离家、妈妈难过而感到的悲哀，也就像生面团的凹痕一般，刻下了很深的印象，却没多久便消失了。

孩子们虽说没有忘掉爸爸，却很快就习惯了没有爸爸的日子。

---

⑤《幼儿圣经故事》：西方社会主流文化注重基督教的教育，因此《圣经》有各种面向儿童、少年的普及版。旷野之城（Cities of the Plain）即索多玛与蛾摩拉（Sodom and Gomorrah），《旧约圣经》中记载的两座传说中的城市，位于死海附近，因居民堕落邪恶，被上帝用天火毁灭。这里用来形容煤堆，有调侃的意思。

他们也习惯了不上学，习惯了经常见不到妈妈。如今妈妈差不多整天都把自己关在楼上屋子里边，写啊，写啊，写啊。以前到了下午茶的时间，她会走到楼下，大声朗读自己写的故事。那些故事好漂亮啊！

这儿的石头、小山、溪谷、树木、运河，还有最重要的铁路，是那么新鲜，那么让人愉快之极，孩子们觉得，往日的别墅生活都变得好像一场梦了。

妈妈不止一次跟孩子们说，他们"如今穷得很"，可这句话好像只是说说，一点意义都没有。那些大人，连妈妈也是，说的话经常什么意思都没有，只是为了说话才说话的。吃的东西从来没缺过，穿的漂亮衣服，也是以前就一直穿的。

可是，六月份连着下了三天雨，雨线就跟长枪一样直插而下，天也冷得要命。谁都出不去，人人都瑟瑟发抖。三个孩子全都来到妈妈房门跟前，敲了敲门。

妈妈说："嗯？什么事儿呀？"

贝贝说："妈妈，我能生个火吗？我已经会生火啦。"

妈妈说："亲亲的小鸭子，不行！六月份咱们可不能生火，煤实在太贵啦。你们要是冷，就上阁楼里头好好玩一阵，就暖和啦。"

"可是，妈妈，生火就用那么一丁丁点的煤呀！"

妈妈愉快地说："亲亲的小鸟儿！那个钱我们也花不起呀！赶紧快走吧，这才是好孩子——我都要忙死了！"

菲丽斯跟彼得咬耳朵："妈妈现在老是这么忙！"彼得没说话，耸耸肩，他正想着事儿呢。

但是，彼得的脑子很快就溜到阁楼去了，他要把阁楼好好布置一番，布置成一个强盗的老窝！彼得当然要当强盗头儿。贝贝当副官，当他那帮忠实的手下，将来还要当菲丽斯的家长。菲丽斯是他们绑来的少女，强盗要菲丽斯的家长交出一笔可观的赎金，而赎金（用蚕豆付的）也马上到了手。

众人如同山贼一般，蜂拥下楼，兴高采烈。

可是，菲丽斯正要往她那份面包黄油上涂果酱，妈妈说："亲爱的，要么果酱，要么黄油，两个不能一块儿放。这么浪费，太不小心了，如今我们可经不起了。"

菲丽斯一句话也没说，吃完了面包黄油，又弄了一份面包果酱。彼得一边泡着清茶，一边想心事。

喝完茶，三人回到阁楼上。彼得跟姐妹说："我有主意了！"

两人客客气气地问："什么主意呀？"

彼得说："我不告诉你。"

贝贝说："哦，好啊。"

菲尔说："那就别说了。"

彼得说："小丫头总是这么心急！"

贝贝带着优雅的鄙视道："我想知道，小男孩又是什么样子？你那些傻主意，我可不想知道。"

彼得竟然把火压住了，怎么看怎么像奇迹。他说："有一天你就知道了。你要不是那么想要吵架，我就兴许告诉你了，只是我这颗高贵的心，让我不告诉你，我的主意是什么。我现在一个字也不告诉你了，你就别闹啦！"

的确，过了一阵子，贝贝才引着彼得说了话，说得还不多。彼得说的是：

"我不告诉你们什么主意，原因就一个。我要干的事儿，没准是不对的，我不想把你们拉进来。"

贝贝说："彼得，这事儿要是不对，你就别干了，让我来。"

菲丽斯却说："你要是想做不对的事，我也做！"

"不！"彼得一听菲丽斯竟然这么义气，感动得很，"这事儿没什么希望，还是我来吧。只要妈妈问起我在哪儿，你别泄密就行。"

贝贝生气地说："我们压根儿就没有'密'，怎么泄密呀！"

"有啊！"彼得让蚕豆在手指缝中间漏下去，"我到死都相信你！你知道，我要自个儿来一场冒险——有人觉得这么干，不对，我就觉得挺对的！妈妈要是问起我在哪儿，就说我去矿上玩了。"

"什么矿？"

"你就说矿上就行。"

"彼得，你可以告诉我们啊。"

"好吧，我要去煤矿！你可别让人一严刑拷打就把'煤矿'两字吐出来了！"

贝贝说："你用不着吓唬我。我真觉着，你可以让我俩帮忙哩。"

彼得让步了，跟她们要承诺："那我要是找着了煤矿，你俩帮我运煤！"

菲丽斯说："你要愿意就保密呗。"

贝贝说："你要能保密就保密呗。"

彼得说："一点儿没错！那我就保密了！"

下午茶喝完了，还没吃晚饭。这中间哪怕是规矩再怎么严的家庭，也有一段空闲的时候。妈妈这时候一般写东西，维妮太太回家去。

自打彼得想出这么一个主意，已经过了两个晚上。这一天傍晚时分，彼得神神秘秘地把两个丫头叫来了。

彼得说："跟我到这边来，把罗马战车推来！"

罗马战车是一辆老掉牙的婴儿推车，早就不用了，在马车房的阁楼里头放了好几年了。孩子们给车轴涂了油，转起来无声无息，活像个气胎自行车；转向的功能，也跟崭新的婴儿车一样好。

彼得说："跟着你们无畏的头领来吧！"就走在前面下了山，向车站进发。

车站上面的山坡上，有不少山石从草皮下面探出头来，仿佛石头也跟孩子一样，对铁路好奇呢。

三块石头中间有一个小小的空隙，里面躺着一堆干枯的悬钩子，还有石南花。彼得停住脚步，伸出一只伤痕累累的靴子，把枯枝翻过来，说：

"这就是圣彼得⑥煤矿开采出来的第一块煤！我们把它装上战车运回家去。严格守时，迅速发货，所有订单悉心处理！如有不规则形状，则一律切削，方便老客户！"

战车装满了煤块。等装满了，又不得不往下卸了点儿，因为实在太沉，三个孩子实在推不上山去，彼得把背带拴到战车扶手上，又套在身上，一只手死死抓着背带，俩姑娘在后边推车，可还是推不动。

彼得煤矿开采出来的煤，一共运了三趟，才堆到了地窖里头，跟妈妈自己的煤码在一块儿。

然后彼得一个人出去了，回来的时候，浑身都蹭黑了，表情也神神秘秘的。

彼得说："我到我的矿上去了一趟，明天晚上我们再拿战车把那些黑色的钻石运回来！"

---

⑥ 圣彼得：传说中耶稣的十二门徒之一，罗马教会的创始人。彼得是在调侃自己的名字。另外，彼得在这段话中模仿了报纸上广告的口气。

过了一个星期，维妮太太跟妈妈说，这最后一批煤特别经烧，怎么烧都烧不完。

孩子们在楼梯上听着，一个个自己抱着胳膊，又相互抱在一起，悄没声儿，笑得直发抖。这时候，挖煤到底对不对，彼得心里有过什么犹豫，他们都已经忘得一干二净了。

可是后来，可怕的一夜降临了。站长有一双老旧的沙滩鞋，是夏天放假的时候去海边穿的。这天晚上，站长又穿上了沙滩鞋，无声无息溜到院子里头，院子里就放着那个“旷野之城”大煤堆，煤堆上刷着白线。站长就蹲在煤堆旁边等着，活像一只猫等在老鼠洞旁边。煤堆顶上，有个小小的黑东西正在煤块儿当中乱翻，弄得煤块哗啦啦地乱响。

站长藏在一辆司闸车的影子当中，守车上有个小小的锡制烟囱，车身上标着：

G. N. 与 S. R.

34576

立刻返回

白石南站线站长就在阴影里头一直埋伏着，最后，煤堆顶上那个小东西不翻了，也不响了，来到煤堆边上，小心翼翼爬了下来，又在身后背起了什么东西。然后，站长的胳膊抬了起来，手一落，揪住了一只衣服领子，于是彼得就被死死抓住了上衣，手里还抖抖索索地抓着一个老木匠的包，装了满满一包的煤。

站长说：“你这小偷！我总算逮住你了，是吧？”

“我不是小偷！”彼得尽量说得理直气壮，“我是个挖煤的！”

站长说：“你少装蒜！”

彼得说：“我装什么，我都没说瞎话！”

站长说："是啊，你说得没错。把嘴给我闭上，跟我到站上走一趟！"

"坏了！"黑暗中有个声音叫道，那声音不是彼得，痛苦万分。

"可别上警务站！"黑暗中另一个声音说。

站长说："还不用，先上火车站。哎呀，还是个正规的犯罪团伙呢。除了你们还有谁？"

贝贝和菲丽斯说："就我们俩。"两人从另外一个车厢的影子里走了出来，车厢上标着"斯塔维利煤矿"，还用白粉笔写着说明："1号线路需要。"

彼得气冲冲地说："这么监视别人，你什么意思啊？"

站长说："我觉得，是该有个人好好监视监视你了！跟我到站上来！"

贝贝说："啊，不要啊！您不能现在就决定怎么处置我们吗？彼得的错有多严重，我们的错就有多严重。我们帮着运煤来着，还知道他是从哪儿弄煤的！"

彼得说："你们什么都没干！"

贝贝说："我们干了！我们一直都知道的。我们装着没干，只是顺着你说！"

彼得无计可施了。他找过煤了，挖过煤了，叫人抓住了，如今又发现，姐姐妹妹都"顺着他说"。

彼得说："放开我！我不跑！"

站长放开了彼得脖领子，划了一根火柴，就着闪烁的火光，瞧着三个孩子。

站长说："哎哟，这不是山上'三烟囱'（地名）庄园的孩子吗？还穿得这么漂亮。说说吧，你们怎么干出这种事来了？你们没去过教堂吗？没学过教理问答[7]什么的？不知道偷东西是罪恶吗？”站长的口气缓和多了。

彼得回答：“我没当这是偷东西，我差不多相信肯定不是偷东西！我觉得，要是我从煤堆外头拿，没准儿就算偷东西。可是我从中间拿的，管这叫采煤，怎么着也没问题吧？这么大一堆煤，得烧上好几千年，才能烧到中间哩！”

“用不着几千年。可你们这么干，是为了找乐子还是怎么的？”

彼得生气地说：“那么一车东西，死沉死沉的，往山上推，有什么乐子呀！”

“那你们是为了什么？”

听站长的声音和善多了，彼得鼓起勇气说：“您知道那天下雨吧？妈妈说，我们太穷了，生不了火。我们搬家以前，只要天一冷，总是生火的，结果……”

贝贝小声打断：“不许说！”

站长捻着下巴，若有所思：“嗯，我这就把决定告诉你们。这一次，我就放你们一马好了。不过，小绅士，你给我记住，偷东西就是偷东西。这个东西是我的，那就不是你的。不论你叫不叫它‘采煤’，你们回家去吧！”

“您是说，您就放过我们这次啦？哎呀，您真讲义气！”贝贝说，“您真是个好人！”

菲丽斯说：“您是个顶好的大好人！”

站长说：“得啦！”

---

⑦ 教理问答：一套用于基督教普及的问答题目，包括基督教的基本教义。基督教《旧约全书》的核心理念是人与上帝订立的十条戒律，其中第八条是“不可偷盗”，因此站长这样说。

说完，站长就跟众人告辞了。

三个孩子往山上走，彼得说："别跟我说话！你俩是特务，是叛徒！你们就是这种人！"

可是，看到彼得还跟她们一起，安安全全，自由自在，走的路是回三烟囱，不是回警务站，两个姑娘实在高兴极了，没怎么在意彼得说的话。

贝贝轻轻说："我们已经说了，彼得有份，我们也有份呀！"

彼得说："你——没份儿！"

菲丽斯说："要是上了法庭，见了法官，结果也还是一样。彼得，你可别凶我。谁叫你的秘密那么超级容易让人发现啊，又不是我们的错！"菲丽斯拉住他一只胳膊，彼得没有挣脱。

彼得又说："甭管怎么说，地窖里的煤现在可真不少了。"

贝贝说："可别！我觉得这事儿我们可不该高兴。"

"我不知道。"彼得努力打起精神来，"我可不太相信，采煤也是罪过。就连现在都不信哩。"

两个姑娘却很确信，而且很确信彼得也很确信，不管他背着这个罪名有多不在意。

第三章

老先生

煤矿大冒险之后，孩子们似乎应该远远躲着火车站了，可他们没有离开铁路，也没法离开铁路。他们一直以来都住在街上，私人马车、公共马车一天到晚隆隆响个不停，屠夫、面包师傅、烛台师傅的运货大车也随时可能出现（我从来没见过烛台师傅有大车，你见过吗？）。而这里是一片沉睡的乡村，深沉的寂静里，经过的只有火车。火车仿佛成了唯一的纽带，把孩子们与曾经拥有的往日生活联系在一起。每一天，“三烟囱”别墅前面，六只脚都会踩过新鲜的矮草地，沿着固定的路线走下山去。有些班车经过的时间，他们已经知道了，就给这些班车起了名字：9 点 15 分上行 ① 叫“青龙”，10 点 7 分下行叫“温特利之虫”②。有时孩子们从梦中醒来，会听到午夜的城市快车尖叫着驰过，快车名叫“恐怖夜游神”。有一次彼

---

① 上下行：早期英国火车会爬上山坡到达煤矿，或走下山坡到达港口，因此出现了上行与下行的名字。后来的实际操作中，一般把前往伦敦的路线称为上行，离开伦敦的路线称为下行。

② 温特利之虫：17 世纪英国有一首讽刺诗《温特利之龙》（The Dragon of Wantley），1892 年，美国小说家欧文·威斯特（Owen Wister）以此为题材创作了同名小说，风行一时。书中的这个名字是孩子们据此开的玩笑。

得起来，从窗帘缝里望出去，在寒冷的星光下看到了快车，马上就给它起了这个名字。

有个老先生，就是坐着“青龙”旅行的。他仪容修饰得很好，看上去人也很好，这两样可是完全两码事。他面色红润，胡子刮得干干净净，满头白发，穿的衣服领子形状很怪，头上戴的高顶礼帽也跟别人的帽子不太一样。当然，这些打扮，孩子们一开始并没有全都看到。他们最先留意的，是老先生的手。

一天，孩子们坐在栅栏顶上，等着“青龙”经过。按彼得的沃特伯里手表说，“青龙”迟到了 3 分 45 秒。这手表是彼得去年生日时爸爸送的。

菲丽斯说：“‘青龙’去的是爸爸在的地方，要是‘青龙’是条真龙，咱们就能让它停下，托它给爸爸带个好儿！”

彼得说：“龙才不会给人带好呢，龙做的事都是大事！”

菲丽斯说：“龙会给人带好的，只要先把龙驯得服服帖帖了就行。龙还会帮人取东西，带着人飞，叫它干啥就干啥，就跟家里养的小松鼠一样！你说，爸爸怎么从来也不给咱们写信呢？”

贝贝说：“妈妈说他一直特别忙，不过妈妈还说他就快写信了。”

菲丽斯提了个建议：“我说，等‘青龙’过的时候，咱们都朝着‘青龙’挥手吧！要是这条龙会魔法，一定会明白咱们的心意，把心意捎给爸爸！要是它不会魔法，那咱们只是挥三下手，也不算费劲，肯定不至于心疼！”

于是，青龙吼叫着，打从黑暗的老窝嘴里（隧道口）开出来的时候，三个孩子就都站在铁轨上，把口袋里的手绢拿出来，冲着青龙使劲摇。孩子们谁也没想想，这手绢干净不干净——其实一点儿也不干净。

头等车厢就有一只手探出来，也朝着孩子们挥手。这只手干干净净，手里捏着一份报纸，正是那位老先生。

后来，9 点 15 分跟孩子们之间互相挥手，就成了一个惯例。

孩子们，特别是两个丫头，都愿意觉得老先生兴许认识爸爸，还会在“工作”当中遇见爸爸，不管爸爸藏在哪个神秘的地方。老先生会告诉爸爸，他的三个孩子如何站在远远的绿色田野当中，站在一根铁轨上，不论晴天雨天，每天早上都朝着老先生挥手，把心意捎给爸爸。

现在不论什么天气，孩子们都可以出去了，当初住别墅的时候，有些坏天气，孩子们是无论如何不被允许出去的，现在也没问题了。这多亏了艾玛姑姑，当初正是她给孩子们买了长护腿跟防水外套，为此，孩子们还笑话过她呢。孩子们越来越觉得，自己有点儿对不起这位缺乏魅力的姑姑了。

这段时间，妈妈一直在忙着写作。她会寄出去好多长长的蓝色信封，信封里头装着她写的故事，也会有各种尺寸、各种颜色的大信封寄到她手上。有时候她拆开就会叹口气说：

“哎呀，哎呀！又有个故事给打发回家了！”

孩子们一听就很难过。

不过，有时候她也会举起信封，一边挥一边说：“太棒了！太棒了！这编辑有眼光！他用了我的故事，这不，这就是凭证啊！”

一开始孩子们以为“凭证”是那个有眼光的编辑写的信，不过很快就知道了，“凭证”其实是长长的剪报纸条，故事就印在上头。

编辑只要一有眼光，下午茶的时候，孩子们就有小圆面包吃了。

这一天，彼得下山到村子里买小面包，庆祝《儿童大世界》编辑的眼光。结果彼得就碰上了火车站的站长。

彼得之前，已经花时间仔细想了想煤矿那件事，于是浑身不自在。一般要是在没人的路上，遇见谁都得打个招呼。可彼得却不愿意跟站长说“早上好”，因为他心里有一种热辣辣的担心，这种热辣一直蔓延到耳朵上，担心站长不愿意跟偷煤的人说话。“偷”这个字很难听，可彼得觉得就该用这个字。他低下头没说话。

擦肩而过的时候，是站长先说了“早上好”。彼得也回了句“早上好”。他就想：“兴许白天他看见我，不知道我是谁，要不然他也不会这么客气呀。”

这个想法给自己的感觉，彼得还是不喜欢。他自己还没反应过来，就朝站长追了过去。站长听见彼得那双匆忙的靴子在路上吱嘎作响，便停下了脚步。彼得撵上了站长，上气不接下气，两只耳朵涨得通红。

彼得说：“要是您看见我也不认识我，我就不想让您跟我客气了！”

站长说：“啊？”

彼得接着说：“我觉得，您跟我说‘早上好’的时候，可能您还不知道，上您那儿挖煤的就是我！是我挖的煤。先生，对不起。”

站长说：“哎呀，那些值钱的煤，我是一点儿也没想啊。过去的就让它过去吧。你这么慌慌张张的，要上哪儿去啊？”

彼得说：“我去买小面包，喝茶用。”

站长说：“你们一家子不都挺困难的吗？”

彼得自信地说：“我们是挺困难的！可是妈妈只要卖出一个故事，卖出一首诗什么的，我们就有点儿半便士硬币，一共三便士的钱，买点心喝茶用！”

站长说：“啊，那你妈妈是个写故事的？”

彼得说：“她写的故事，绝对是你见过的最美的！”

“你妈妈这么聪明，你应该很为她骄傲吧。”

彼得说：“对！可她以前总是跟我们一块玩，后来才不得不这么聪明的，也不怎么跟我们玩了。”

站长说：“好，我该走了。你们什么时候想来，就上车站来串个门吧。至于煤的事儿，那个字——嗯——算了，那个字咱们就不提了，怎么样？”

彼得说：“谢谢！咱们的事情解决了，我真高兴！”彼得就接着往前走，过了运河上的桥，进了村子买面包。自打那天晚上在煤堆中间，站长那只手揪住他脖领子之后，他心里一直有些别扭，现在总算舒服了一点。

第二天，三个孩子对着青龙挥了三次手，捎去给爸爸的心意；老先生也照往常一样，冲他们挥手还礼。然后彼得就昂首挺胸，带着姐姐妹妹往车站走过去了。

贝贝说：“可这合适吗？”

菲丽斯解释说：“她是说，出了弄煤的事以后。”

“我昨天见过站长了，”彼得漫不经心地说，假装没听见菲丽斯说的什么，“他还特别专门邀请我们过去哩，想什么时候去都行！”

“出了搞煤的事以后？”菲丽斯又说了一遍，“等一下，我鞋带又开了。”

彼得说：“你鞋带老是开！菲尔，你再怎么绅士，也永远赶不上站长绅士——像这样朝别人脑袋扔煤块儿！”

菲丽斯系上鞋带，一句话也不说，又往前走了。可是肩头发颤，没多久，就有一大滴眼泪沿着鼻子滑下来，“啪”一声打在了铁轨上。贝贝看见了。

“哎呀，怎么啦亲爱的？”贝贝赶紧停下，一只胳膊搂住菲丽斯一起一伏的双肩。

菲丽斯抽着鼻子说："他说我不——不——不绅士！我可没说他不淑女，那次他把我的卡洛琳达[3]绑到柴火堆上，活活烧死了，当了烈士了，我都没说他不淑女！"

一两年以前，彼得确实有一回，干过这种胡闹的事。

贝贝老老实实地说："哎，你也知道，毕竟是你先说的，说弄煤啊什么的。你说，自打刚才挥过手，你们俩说过的话，是不是都应该一笔勾销，咱们就扯平啦？"

菲丽斯抽鼻子："彼得愿意，我就愿意！"

彼得说："得啦！咱们扯平了。我的天，菲尔，给你，拿我手绢擦擦，你又把自己手绢弄丢了吧！我就不知道，你拿手绢干什么来着！"

菲丽斯气鼓鼓地说："我那条给了你啦！兔子窝的门得拴上，你就拿我手绢拴了门啦！你这人真是忘恩负义！那本诗集里头说：不亲的孩子[4]，咬起人来比毒蛇还厉害呢！这儿的'不亲'就是'忘恩负义'的意思！洛尔小姐[5]是这么跟我说的！"

彼得不耐烦了："得啦！对不起！完了吧？你还往前走不走啦？"

孩子们来到了车站，跟搬运工高高兴兴地聊了两个钟头。搬运工是个可敬的大人，孩子们提的一切"为什么"开头的问题，他好

---

③ 卡洛琳达：菲丽斯玩具娃娃的名字。20 世纪初的英国，中上层家庭的少年儿童从小就重视礼仪的培养，因此菲丽斯反应很强烈。

④"不亲"句：典故出自莎士比亚悲剧《李尔王》第一幕第四场，朱生豪译本："一个负心的孩子，比毒蛇的牙齿还要多么使人痛入骨髓！"（Sharper than a serpent's tooth/ It is to have a thankless child!）菲丽斯把 thankless（负心）记成了 toothless（没牙），中文版改成了和"负心"发音相近的"不亲"。

⑤ 洛尔小姐：可能是菲丽斯之前的教师洛尔小姐。

像全都愿意回答，一点儿也不厌烦。很多高高在上的人，却常常会烦这些问题哩。

搬运工跟孩子们讲了好多好多他们不知道的事情，比如，把车厢挂在一块儿的东西叫“车钩”，那些跟大蛇一样悬在车钩上面的管子，是用来刹车的。

他说：“火车开着，你要是能抓着一段管子，把管子揪断了，这姑娘就该猛一下停住不动了。”菲丽斯问：“姑娘是谁？”

搬运工说：“就是火车呀！”从那以后，孩子们再也不管火车叫“它”了。“你们知道吗？车厢里头有那么个东西（按钮），上头写着：‘违规操作者罚款五英镑！’你要是违规操作了，火车就停了。”诺贝塔问：“那要是不违规操作呢？”

他说：“我估计也是一样停吧。可是，这个按钮，只要按下去，就都算违规操作，除非你快叫人给害死了。以前有个老太太，有人跟她闹着玩，跟她说，那个按钮是餐车的铃，结果她就违规操作了，她当时可没有生命危险，只是饿了。等火车停了，乘警过来，还以为会看见有人垂死挣扎呢，她就跟乘警说：‘啊，先生，麻烦你一下，我想要一杯黑啤，再来一个巴斯圆面包。’最后火车晚点了七分钟。”

“乘警怎么跟老太太说的？”

搬运工说：“我可不知道。不过我打赌，她后来不管到哪儿，着急的时候，她都没有忘了这些话！”

大家聊得这么开心，时间就过得飞快。

车站上卖票的小洞后面，有一座神圣的“庙宇”，站长就从那庙宇里头出来了一两回。大伙儿中间，他是最高兴的一个。

菲丽斯跟姐姐咬耳朵：“就跟挖煤的事他根本没发现一样！”

站长给了三个孩子一人一个橘子，还保证，将来他不太忙的时候，就带他们去信号站里头玩。

站上过去了几趟火车，彼得头一次发现，火车头跟马车一样，上头也有编号！

搬运工说："对。我认识一个小伙子，他看见哪个火车编号，都给记下来，记在一个绿皮笔记本上，笔记本四个角都是银的。多亏他爸爸是个批发文具的，特别有钱。"

彼得觉得，自己爸爸虽然不是批发文具的，但是，自己也可以记号码。不巧，他可没有四个角都是银的绿皮革笔记本。于是搬运工给了他一个黄色信封，他在上面写了：

379

663

觉得自己要搞一次最好玩的收藏，这就是收藏的第一步。

晚上喝茶的时候，彼得问妈妈："您有绿皮革笔记本吗，四个角都是银的？"妈妈没有这样的本子，可是一听彼得想要什么，就给了他一个小小的黑色笔记本。

妈妈说："这本子有几页给撕掉了，可是还能记好多号码。等记满了，我再给你一本。你喜欢铁路，我真高兴啊！只是，你千万千万别在铁轨上走路。"

彼得忧心忡忡地停了下，跟姐妹交换了绝望的眼神，又问："脸对着火车的方向也不行吗？"

妈妈说："不行，绝对不行！"

菲丽斯又问："妈妈，您自己小时候，没在铁轨上走过吗？"

妈妈是个诚实的妈妈，是个正人君子，只好说："走过。"

菲丽斯说："那……"

“可是，宝贝们，你们不知道我有多爱你们啊。你们要受了伤，我该怎么办呢？”

菲丽斯问：“您疼我们，比您小时候外婆疼您还厉害吗？”贝贝打手势让菲丽斯别说了，可是不管手势多明显，菲丽斯从来都看不见。

妈妈有一分钟没说话，站起来，往茶壶里加了点水。

她最后说：“世上没有人，像我妈妈那么爱过我。”

她又不说话了。贝贝在桌子底下狠狠踢了菲丽斯一脚。贝贝有点明白了，妈妈这么沉默是在想什么——那些妈妈小时候的回忆，那些回忆当中，“她对自己的妈妈，就意味着整个世界”。贝贝还有点明白了，人们天生有个习惯，一遇上麻烦，就朝着妈妈身边跑过去；就算长大了，这个习惯，还是不会摆脱的。她还觉得，有点明白了，再也没有妈妈，再也不能朝着她身边跑过去，那一定是很悲哀的。

于是她就踢了菲丽斯。菲丽斯说：“贝贝，你那么踢我干啥？”

妈妈笑了下，又叹口气说：“那好吧！你们只要知道，火车走哪一边就行——另外，隧道附近，或者拐弯附近的铁轨，你们可不许走！”

彼得说：“火车跟马车一样，靠左边走。所以只要一直在右边，就肯定能看见火车过来。”

妈妈说：“好吧！”我敢说，你一定觉得妈妈不该这么说。可妈妈想起了自己还是个小女孩的时候，于是就真的说了——不论是她自己的孩子，还是你，还是地球上任何一个别的孩子，都不会彻底明白，她这样说，付出了什么代价。你们当中，也只有贝贝这样的少数几个人，可能会明白一丁丁点儿。

刚刚转过天来，妈妈就犯头疼，没法下床了。两只手火热火热的，什么也不想吃，喉咙痛得厉害。

维妮太太说："孩子他妈，我要是你，我就该打发人去叫医生了。周围的人，一个接一个的，正叫苦连天呢。我妹妹生的老大——她染上感冒了，病根子跑肚子里头去了，是两年以前，圣诞节的时候染上的，结果她这闺女，现在还没好哩。"妈妈一开始不肯，可是到了晚上，实在太难受了，只好打发彼得去村里，村里有一栋房子，门口边上有三棵金链花树，门上有一块铜牌，上面写着：

医学博士 W. W. 弗罗斯特。

医学博士 W. W. 弗罗斯特马上就出来了，回去的路上，跟彼得谈了一路。大夫似乎是天底下最亲切，最聪明的人，他感兴趣的东西，有铁路，有兔子，还有特别特别重要的事。

大夫看过了妈妈，说是流感。

大夫在客厅里跟贝贝说："好啦，严肃小姐，你是想当护士长吧？"

贝贝说："当然啦。"

"好，那我就开点儿药吧。你们把火烧旺了。做点儿浓浓的牛肉汤，等妈妈烧一退，就给她喝。她现在可以吃点儿葡萄、牛肉汁；苏打水跟牛奶也可以喝了。你们最好拿一瓶白兰地来，要最好的白兰地。便宜的白兰地还不如毒药哩。"

贝贝让大夫都写下来，大夫就写下来了。

贝贝给妈妈看了大夫写的单子，妈妈笑了。贝贝觉得那应该是一声笑，可那声音很怪，很虚弱。

"别瞎说了。"妈妈躺在床上，眼睛像珍珠一样闪闪发亮，"那些个破东西，我哪儿买得起呀。你跟维妮太太说一声，明天晚上给你们炖两磅羊脖子肉吃，我就喝点儿肉汤吧。对，亲爱的，我现在还想再喝点儿水。你能不能拿一盆水来，拿海绵给我擦擦手？"

诺贝塔照办了。她把所有能让妈妈舒服的事儿都做了一遍，就下楼去找弟弟妹妹了。贝贝两颊通红，紧紧抿着嘴唇，眼睛差不多跟妈妈一样闪亮。

医生的话，妈妈的话，贝贝都跟两人说了。

说完了，贝贝又加了一句："现在呢，能做事的只有咱们了，咱们得做点事才行。我有一个先令，就用它买羊肉吧。"

彼得说："没有那该死的羊肉也行。吃面包黄油，就活得下去。经常有那些荒岛上的人，东西比咱们少多了，不是也活下来了！"

姐姐说："可不是么。"他们就请维妮太太去村子里，用这一个先令，能买多少白兰地、苏打水、牛肉汤，就买多少。

菲丽斯说："可是咱们就算什么吃的也没有，用买饭的钱，也买不来那些别的东西呀！"

贝贝皱着眉说："是买不来，咱们得想点儿别的办法。大家努力想啊！用吃奶的力气想！"

三个孩子确实想了，很快又商议了一阵子。后来，贝贝上楼，坐在妈妈身边，妈妈一要东西就给她拿来；另外两个孩子拿着一把剪刀、一张白桌布、一个油漆刷子，还有一罐子布伦斯维克黑漆，维尼太太当初就是用这种黑漆涂炉栅和壁炉挡板的。但是第一张白布没做好，又从亚麻色的碗柜里拿了一张。他们谁也没觉得桌布很贵，浪费桌布不应该，只知道自己在做好事——但是这"好事"要到将来才会有。

之前，贝贝的床已经挪到妈妈屋里了，这一宿，贝贝又起来好几回照看炉火，给妈妈喝牛奶，喝苏打水。妈妈自言自语了一大堆，可是那些话好像什么意义也没有。一次她忽然醒过来，喊着："妈妈，妈妈！"贝贝知道她是在叫外婆。妈妈已经忘了，喊外婆也没用——外婆已经过世了。

大清早，贝贝听见妈妈喊自己，赶紧跳下床，跑到了妈妈床边。

妈妈说："哎呀——啊，对了——我可能是睡着了。可怜的小鸭子，你该多累呀！我真不愿意这么麻烦你！"

贝贝说："麻烦什么呀！"

妈妈说："宝宝，别哭了，我再过一两天就好啦。"

"嗯！"贝贝努力挤出一个笑容。

谁要是已经习惯了一天睡足十个小时，又在晚上睡觉的时间起来三四回，感觉就会跟一宿没睡似的。贝贝觉得自己变得特别笨，眼睛又酸又木，但还是把房间打扫了一遍，赶在大夫过来之前，收拾得整整齐齐。

这时候，是早上八点半。

大夫在前门说："小护士，都还好吧？白兰地拿来了吗？"

贝贝说："白兰地拿来了，装在一个小小的扁酒瓶里头。"

大夫说："我可没看见葡萄，也没有牛肉汤。"

贝贝坚定地说："现在还没有，明天你一定看得见！炉子里炖着点儿牛肉呢，做牛肉汤的。"

大夫说："谁教你做的？"

"彼得有一次得了腮腺炎，我看妈妈做的。"

大夫说："好，那你把那个老太太叫来，让老太太陪着妈妈，你好好吃了早饭，吃了马上接着睡，一直睡到吃晚饭的时候。我们决不能让护士长得病！"

他可真是个好大夫。

这一天早上，9点15分的列车开出隧道口，头等舱的老先生放下报纸，准备朝着骑在栅栏上的三个孩子挥手，可这天早上没有三个孩子，只有一个孩子——彼得。

彼得也没跟往常一样站在铁轨上，而是站在铁轨前面，样子就像个动物园里的导游，向观众展示动物；也可以说，像个慈祥的牧师，用指挥棒指向“巴勒斯坦的景色”——那是一架幻灯机，牧师正在解释幻灯片。彼得也指着一个东西。那东西是一大张白色桌布，钉在栅栏上。桌布上写着粗粗的黑字母，每个字母长度都有一英尺多。

有些字母的笔画多出来了一点儿，因为菲丽斯当初涂黑漆的时候，涂得太卖力了。不过，单词还是很好认出来的。

老先生，还有火车上另外几个人，看到白色桌布上用粗粗的黑字母写着这么一行字：

请看外边车站

有很多人的确看了外边的车站，但什么也没看见，相当失望。老先生也往外看了，一开始，他也只看到了铺着石子的站台、阳光、还有车站边上的桂竹香和勿忘我，没什么不寻常的。只是等到火车冒起烟来，要再次开动的时候，老先生才看见了菲丽斯。小女孩跑得上气不接下气。

菲丽斯说：“啊！我还担心会错过您！我的鞋带老是开，我都摔了两跤了！这个，给您！”

火车开动，菲丽斯把一封暖暖的、湿润的信塞到了老先生手里。

老先生靠在车厢角上，打开了信，看了起来——

亲爱的不知道名字先生：

妈妈病了，大夫说，把这封信最后的东西给她，可妈妈说买不己（起），要给我们羊肉吃，她自己喝肉汤。这儿我们谁也不认识，只认识您，因为爸爸不在家，我们不知道他的地址。爸爸会付给您钱的，要是爸爸的钱都没了，或者出了别的事，彼得长大了也会付给您钱的。我们用自己的荣玉（誉）担保。妈妈要的东西，是我们欠您的。

有罪的彼得

可以麻烦您把这个小包果（裹）给站长吗？我们不知道您回来坐什么火车。您说，这是彼得的东西，那次煤的事，他对不起站长，站长就都知道了。

诺贝塔　菲丽斯　彼得

然后就是大夫开的单子，列着那些东西。

老先生把信读了一遍，抬起了眉毛。读了两遍，就笑了笑。读了三遍，就把信揣在口袋里，又接着看《泰晤士报》了。

晚上将近六点，有人敲后门。三个孩子跑去开门，门外站着亲切的搬运工。就是他，当初给孩子们讲了一大堆铁路的趣闻。搬运工把一个带着盖的大篮子，“扑通”一声放在了厨房的石板地上。

他说：“老爷子，他让我直接送来的！”

彼得说：“真是太谢谢您了！”看搬运工还没走，他又加了一句：

“实在实在是太不好意思了，按说爸爸会给您两便士的，可是我没钱了，可是——”

“你要不愿意拿，就别拿了，”搬运工生气地说，“我可压根没想什么两便四（士）。我只想说，你妈妈身体不好，我挺担心的，过来问问，她今天晚上怎么样了，还给她带了点儿野蔷薇来，闻着可香了。还什么两便士！”他说完又从帽子里变出了一束野蔷薇。菲丽斯后来说：“简直就像个魔术师！”

彼得说：“太谢谢您了，两便士的事，请您原谅啊。”

“没事。”搬运工挺有礼貌，但说的并不是实话。然后他就走了。

三个孩子打开了篮子。顶上是稻草，底下是很细的刨花，再下面就都是他们要的东西了——着实不少，还有好多他们没要的东西，有桃子，有波特酒，有两只鸡，一个纸板箱子，里面是大朵大朵的玫瑰花，连着长长的茎秆；还有一个又高又细的瓶子，装着薰衣草香水，三个矮瓶子，肚子大一些，装的是古龙香水。还有一封信。

信上说：

亲爱的诺贝塔、菲丽斯、彼得：

这些是你们想要的东西。你们的妈妈一定想知道，东西是哪儿来的。跟她说，有个朋友听说她病了，就把这些送来了。当然，她好起来以后，一定要全都告诉她。要是她说，你们不该要这些东西，你们就说，我说你们做得很对。我擅自做了一件让自己特别快乐的事，希望她能原谅。

署名是 G.P. 什么什么，孩子们看不出来。

菲丽斯说：“我觉得，咱们确实做得很对呀。”

贝贝说：“对？咱们当然对了。”

“说是这么说，”彼得两只手插在兜里，“我可不盼着把一切都告诉妈妈。”

贝贝说：“等她好了，咱们再说。她好了，我们肯定高兴坏了，这么点儿小麻烦，不算什么。诶，瞧瞧这些玫瑰花！我得拿到楼上去送给她。”

“还有野蔷薇。”菲丽斯使劲闻了闻，“别忘了野蔷薇！”

诺贝塔说：“我才不忘呢！妈妈那天跟我说，她小时候，她妈妈家的旁边，长了一大片呢！”

第四章

扒火车的人

第二块桌布剩下的一块，还有剩下的黑漆，都刚好再做一个横幅，上面写着这么一个消息：

她快好了谢谢您

神奇的大篮子之后，这横幅就挂了大概半个月，专门给青龙看的。老先生从火车上看见横幅，高兴地朝他们挥手。孩子们做完了这一切，觉得妈妈生病时自己做的事，也该跟妈妈说了。这件事，想着很容易，说出来却难比登天，但还是得说，于是就说了。妈妈气得够呛！妈妈平时很少生气，如今这么生气，孩子们打生下来就没见过，那场面真是可怕极了。更糟糕的是，妈妈突然哭起来了。我相信，哭也是会传染的，就跟麻疹和百日咳一样。总之，大家马上就发现，自己参与了一场大哭聚会。

妈妈第一个止住了悲声，擦干了眼泪说：

"宝贝们，对不起，我刚才太生气了，因为我知道，你们不懂！"

贝贝抽着鼻子说："妈，我们不是成心要不听话的。"

妈妈说："现在听我说。我们是挺穷的，可是，日子还能过得下去。你们千万不能跟陌生人乱说咱们家的事——这么做是不对的。还有，你们千万、千万、千万不能跟陌生人要东西！永远记着！记得住吗？”

三个孩子都拥抱了妈妈，湿润的小脸儿在妈妈脸上蹭了蹭，保证一定记住。

“我这就给那个老先生写封信，告诉他们，我不赞成——啊，我当然得谢谢他，谢谢他的好意。我不赞成的是你们，宝贝们，不是老先生。他做得已经不能再好了。我写完了信，你们就把信交给站长，让站长转交给他，这事儿咱们就再也不说了。”

后来，三个孩子单独待在一块儿的时候，贝贝问：

“妈妈厉害吧？你还见过哪个大人说过，‘我生气了，对不起’呀？”

彼得说：“是啊！她真是了不起！可是她生起气来也够吓人的。”

菲丽斯说：“她就跟那首歌里唱的一样，是个‘闪亮的复仇女神’[①]。要是她不吓人，我就特别爱看她！她火气上来的时候，模样那么漂亮！”

三个孩子把信带下山去，给了站长。

站长说：“我记得你们说过，你们只在伦敦才有朋友，别的地方没朋友吧？”

彼得说：“那以后，老先生就是我们的朋友啦。”

“可是他不住在这一块么？”

“不住——我们只是跟他在铁道上认识的。”

站长就回到那个卖票小窗口后面的圣殿里头去了，孩子们又往下来到搬运工的房间，跟搬运工聊了一会儿，从他那儿听说了几件

① 闪亮的复仇女神：爱尔兰诗人托马斯·摩尔（Thomas Moore）的同名诗歌标题，取材自爱尔兰神话。

趣事——比如，他叫珀科斯，结了婚，有三个孩子；还有，火车头前面的灯叫“头灯”，后面的灯叫“尾灯”。

菲丽斯小声说：“这可就是说，火车真的是巨龙装出来的呀！真的有头，也有尾巴！”

也是这一天，孩子们第一次发现，火车头不是全都一样的。

搬运工——名叫珀科斯的，说道：“一样？小可爱，可不是那样，小姐！我跟你们有多不一样，火车头就有多不一样！刚才过去的那个小宝贝，没有煤水车的那一种，叫‘水柜式’②，那姑娘是要去‘少女桥’另外一边，去调车去了；那个‘水柜式’，就好比是小姐你。然后呢，还有的火车头，是运货的，个头特别大，力气特别壮，一边三个轮子，中间用连杆连上，让轮子更结实；这个运货的火车头呢，就好比是我。还有的火车头，是在正线上跑的，就像这儿这位年轻的先生，他长大了，在学校赛跑，比赛全都拿第一，肯定会。正线火车头，制造的时候，既是想让她跑得快，也是想让她力气大。9 点 15 分的上行车，就是正线火车头。”

菲丽斯说：“就是青龙啊！”

搬运工说：“小姐，我们自己人中间，管她叫‘蜗牛’。她老是晚点，这条线上别的车，晚点都没有她这么多。”菲丽斯说：“可那火车头是绿色的呀。”

珀科斯说：“对，小姐。蜗牛一年当中，有的季节也是绿色的。”

② 水柜式：一种小功率蒸汽机车，没有煤水车，水柜和煤槽直接安放在机车上。文中的水柜式机车是用来进行调车作业的。珀科斯在这里说的三种机车，分别代表了调车机车、货运机车、客运机车这三种主要类型。中国一般用旧式货运机车来执行调车任务。

三个孩子回家吃饭的路上，一致认为，搬运工这个朋友最好玩了。

第二天是诺贝塔的生日。下午，菲丽斯和彼得客客气气地逼着她，不让诺贝塔跟他们在一块儿，也不让她乱动，一直待到喝茶的时间。

菲丽斯说：“我们要做的事儿，你不许看，等做完了再看。是一个超大惊喜！”

诺贝塔就一个人上花园里头去了。她试着想，他们为我做了这么多，我应该感激才对。可又想，我还不如帮他们做事儿呢，不管做什么，也比自个儿打发这个生日的下午强，甭管那惊喜有多大。

诺贝塔一个人了，就有时间思考了。她想到最多的，是妈妈发烧那些天，有一天晚上说的话。那时候，妈妈的双手不是那么热，眼睛也不是那么亮。

妈妈说的是：“啊，要是有个大夫这么照顾我，该跟我要多少钱啊！”

贝贝在花园的玫瑰花丛里走了一圈又一圈。玫瑰其实还没有玫瑰花，只有花骨朵；还有丁香、山梅、美国醋栗。她越想“大夫要钱”的事，就越不喜欢这个想法。

没多久，贝贝就打定了主意，从花园侧门出去，爬上了陡坡，来到了运河边的路上。贝贝沿着路走啊走，最后来到了河上的一座桥，这座桥跨越了运河，穿过桥就可以走到村子里去了。贝贝就在桥上等着，晒着太阳，胳膊肘支在暖洋洋的石头上，俯瞰着蓝蓝的运河水，舒服极了。贝贝以前只见过摄政运河，还没见过别的运河；摄政运河里的水，颜色一点都不好看。至于天然的河，贝贝也只见过泰晤士河，那条河要是把自己的脸洗一遍才好哩！

也许孩子们有多喜欢铁路，就会有多喜欢运河。但有两个问题：一是他们毕竟先发现了铁路——就在那个奇妙的早晨，农舍、乡村、沼泽、岩石、大山，一切看在眼里都是新的！当时还没发现这条运河，过了好几天才发现。二是铁路上的人——站长、搬运工、招手的老先生，都对他们特别好。运河上的人呢，怎么形容，也不能用“好”形容。

运河上的人，当然就是驳船的船夫，给慢悠悠的驳船掌舵，要么是在河上来来回回，要么就是走在老马身边，那些老马都沿着泥泞的纤道走路，把长长的纤绳拉得紧紧巴巴。

有一次，彼得问船夫几点了，船夫回答：“一边去！”那口气凶得不行，结果彼得压根没停下来说话，说这纤道上，船夫有权走，他也有权走。其实，彼得压根儿没想到要说，过了一阵儿才想起来。

又有一天，三个孩子想上运河里钓鱼，驳船上有个男孩子冲他们扔煤块儿，有一块砸到了菲丽斯的后脖颈子，当时菲丽斯正弯腰系鞋带呢。煤块儿倒是一点儿也没砸疼菲丽斯，但她被人这么一砸，就不那么想钓鱼了。

不过，诺贝塔在桥上却觉得很安全，因为桥上可以俯视运河，要是看着哪个孩子要扔煤块儿，她还可以躲到石墙后边。

一会儿，就听见车轮的声音了，贝贝正盼着哩。

车轮就是大夫的轻便马车的车轮，马车里坐的当然是大夫啦。

大夫停了车，喊道：

“诶，护士长！要搭个车吗？”

贝贝说：“我想见您一面。”

大夫说：“你妈妈的病，没加重吧？希望别！”

“没有，可是……”

“那你上来吧，咱们坐着车转转！”

诺贝塔爬上马车，大夫让棕色的老马拨转了马头。老马一点儿也不高兴，正盼着自己的茶点——我是说燕麦。

轻便马车沿着运河边，一路飞驰。贝贝说："可真好玩呀！"

两人路过了孩子们的家，大夫说："你们家有三个烟囱，咱们可以往随便哪个烟囱里扔个石头！"

贝贝说："是啊，可是你得瞄得特别特别准才行。"

大夫说："你怎么知道我瞄不准？好吧，你遇上什么麻烦事儿了？"

贝贝只是玩弄着马车围裙的钩子。

大夫说："你快说呀！"

贝贝说："您瞧，其实我要说的这事儿，挺难说的，因为妈妈跟我说过。"

"妈妈到底说什么了？"

"她说，我们家穷的事，我不能到处跟不认识的人乱说。可是，您不是'不认识的人'对吧？"

大夫高兴地说："肯定不是。所以？"

"所以，我知道大夫都特别费——我是说特别贵，可是维妮太太跟我说，她看大夫，每周才花两个便士，因为她加入了一个俱乐部。"③

"嗯？"

"您瞧，她跟我说，您是个好大夫，我就问她，她是怎么付得起您的钱的，因为她比我们还要穷得多呢。我去过她家，我知道。然后，她就跟我说了俱乐部的事，我觉得应该问您——啊，我不想让妈妈担心！我们能不能也跟维妮太太一样，加入那个俱乐部？"

③ 这里的俱乐部应该是当时英国的一种农村医疗保险机制，让低收入人群看得起病。

大夫没说话。他自己也挺穷的，但是有新的家庭加入，又很高兴。我觉得，这一刻他的情感一定很复杂。

贝贝声音特别小："您没生我的气吧？"

大夫坐直了身子。

"生气？我生什么气啊？你这小姑娘真聪明。你瞧，别担心。我会安排好你妈妈的事，就算我得专门组织一个新的俱乐部，也会安排好的。看，这儿就是高架水渠开始的地方。"

贝贝问："高——这东西叫什么？"

大夫说："就是让水走的桥。你看！"

马车走过一段上坡路，来到了一座横跨运河的桥上。左边是一面陡峭的山崖，石头缝隙里长着树，长着灌木。运河到了这儿，就开始沿着小山的顶上流，沿着一座自己的桥流了起来——这是一座大桥，有高高的桥拱，在山谷里直穿而过。

贝贝深吸了一口气。

"真是壮观啊，是不是？就跟《罗马史》那本书里的照片一样！"

大夫说："没错！确实就是那个样子。古罗马人爱死了修水渠了！这可是一项了不起的工程。"

"我以为'工程'就是造火车头呢。"

"啊，工程分好多种。有一种是修路、修桥、修隧道的工程。还有一种是修建城防的工程。行啦，咱们该往回转了。另外，好好记着，不许再担心大夫收费的事儿了，不然你自己就该病了，然后我就给你寄账单来，水渠有多长，那账单就有多长！"

马路旁边有一个山坡，山下就是三烟囱庄园。贝贝在山坡顶上跟大夫分开了，这时候，她一点儿也没感觉自己做错了。贝贝知道，妈妈的想法可能不一样，但只有这么一次，贝贝觉得自已才是对的。她深一脚浅一脚地走下乱石丛生的山坡，心里快乐极了。

菲丽斯和彼得就在庄园后门等着贝贝。两人浑身不是一般的整齐干净。菲丽斯头发上戴了一个红色的蝴蝶结。贝贝刚刚整理了一下衣服，用一条蓝色蝴蝶结绑好头发，一个小小的铃铛就响了起来。

菲丽斯说："好啦！铃铛一响，好戏开场。你先等着，等铃再响一遍，就可以进餐厅了！"

贝贝就等着。

"叮咚叮咚！"小铃铛响了起来，贝贝进了餐厅，觉得特别难为情。她直接开了门，发现自己好像迈进了一个新世界，到处是光芒、花儿、歌声！妈妈、彼得、菲丽斯在餐桌尽头站成一排，百叶窗都关上了，桌子上放着十二根蜡烛，一根就是诺贝塔的一岁。桌子上用鲜花摆成一个图案，在诺贝塔的位置，还用勿忘我摆了一个宽宽的花环，还有几个最最神秘的小包裹。妈妈、菲丽斯、彼得一块儿唱着歌，唱的曲子是《圣帕特里克节》④的第一段。诺贝塔知道，妈妈已经事先写好了歌词，专门为她生日写的。这也是妈妈给孩子过生日的一个小传统，这传统是从贝贝四岁生日开始的，那时候，菲丽斯还特别小。贝贝记得，妈妈写了一首诗让她背下来，给爸爸朗诵，要"给他一个惊喜"。贝贝想，妈妈是不是也记得这件事呢？那首四岁的诗，是这么写的：

好爸爸，我才刚四岁，就已经不想长太多。
二加二，一加三，年纪里四岁最好过。

④《圣帕特里克节》(St. Patrick's Day)：每年3月17日，为了纪念爱尔兰的守护神圣帕特里克（公元387～461年）和基督教传入爱尔兰，于17世纪成为官方确定的盛大节日。这里是指为了纪念该节日的一首同名歌曲，但具体资料不详。

二加二是我爱的，妈妈、彼得、菲尔、您；
一加三是您爱的，妈妈、彼得、菲尔、我。
小女儿学了这首歌，您可愿送她吻一个？

这会儿，大家唱的歌是这样的：

只要我们一生守护，亲爱的诺贝塔，
这世上的一切悲痛，就永不能伤害她。
这个欢乐的生日，我们要记个清楚；
让歌声为她响起，让礼物为她送出。
愿她身边的幸福，变得无处不在；
愿她走上的道路，显出最美的光彩。
身边是亲亲的人，头上是亮亮的天，
好贝贝，祝你拥有——好多这样的时间！

歌唱完了，大家喊道："为我们的贝贝欢呼三次吧！"就大声欢呼了三次。贝贝的感觉，就跟要哭的感觉一模一样——你也知道那种鼻梁上的奇怪感觉吧？也知道眼睛的刺痛吧？可是还没等贝贝哭出来，大家就都上来亲她，跟她紧紧抱在一起。

妈妈说："现在，看看贝贝的礼物吧！"

这礼物可真棒！有一个红绿相间的插针盒子，是菲丽斯悄悄做的；有一枚可爱的银色小胸针，是妈妈的，做成了金凤花的形状。贝贝好几年以前就知道有这枚胸针了，也一直很喜欢，可她从来从来也没想过，这枚胸针会变成自己的！还有一对蓝色的玻璃花瓶，是维妮太太送的。诺贝塔之前在村里的商店看见过，可中意这对花瓶呢。还有三张生日卡，画着漂亮的画儿，写着大家的祝福。

妈妈把一个勿忘我的花环戴在了贝贝褐色的头发上。

妈妈说："看看桌子吧！"

桌子上的蛋糕洒了一层白糖，又用粉红色的糖果摆了一行字"亲爱的贝贝"，还有小圆面包和果酱。可是，大桌子上最壮观的，还是无数的鲜花，差不多把桌子盖满了——都是桂竹香，围绕着茶盘子，每个碟子周围都有一个勿忘我的花环。蛋糕周围的花环是白丁香，桌子正中间像是一个图案，是用丁香、壁花、金链花的小花摆出来的。

彼得喊道："这是地图——铁路图！你瞧，那些丁香花的线是铁轨，棕色的壁花是车站，金链花是火车，还有信号站，还有咱们家和铁道之间的那条路，这些红色的大雏菊，是我们三个人朝老先生挥手——这是老先生，金链花火车里头的三色堇就是他！"

菲丽斯说："这是咱们的三烟囱庄园，是用紫色的报春花摆成的。这些玫瑰的小骨朵是妈妈；平时，咱们要是回来晚了，没赶上喝茶的时间，妈妈就会这样往外看，等着咱们回来。这些都是彼得发明的，花儿都是我们从车站上采来的！我们觉得这样你会更喜欢！"

"这是我的礼物！"彼得忽然把他最宝贝的火车模型，扑通一下放在了桌子上，放在了贝贝面前。火车的煤水车里面垫着崭新的白纸，里面还装满了糖果。

贝贝看见彼得这么慷慨，大吃一惊："啊，彼得，这个小火车你那么喜欢，不会也要送给我吧？"

彼得赶紧说："没有没有！不是火车，只有糖果。"

贝贝的脸色有点儿变了。其实没多少是因为她没拿到火车感到失望，更多是因为，她刚刚以为彼得特别仗义，现在觉得，自己这么想挺傻的。她还觉得，自己想连糖果带火车一块儿要，也有点太贪心了，于是脸色就变了。彼得看见了，犹豫了一下，脸色也变了，说："我不是说整个火车。你要是喜欢，咱们就对半分吧！"

贝贝喊道："你真是个大好人！这礼物太棒了！"她并没有提高声音，心里却想：

"彼得能这样，可真是太了不起了，我知道，他其实不是非要想给我火车的。火车头那坏了的一半，就算归我了。我帮彼得修好了，等他过生日的时候再送给他！"贝贝又加了一句话："行，好妈妈，我这就切蛋糕吧！"茶会就开始了。

这个生日可着实快乐！茶会结束，妈妈又跟孩子玩游戏，不管什么游戏，只要孩子喜欢就行。当然啦，他们一定要先玩瞎子摸人⑤，玩的时候，贝贝头上的勿忘我花环，在一边耳朵上自己扭歪了，就那么一直歪着。做完游戏，也差不多该睡觉了，大家都坐下，妈妈给孩子们读了一个新故事，美极了。

众人道过晚安，贝贝问："妈妈，您不会工作到很晚吧？"

妈妈说，不会，她不会熬夜的——给爸爸写封信就睡了。

但是后来，贝贝觉得实在没办法整宿都跟礼物分开，就爬下楼去拿礼物上来。妈妈没在写信，只是把头枕在胳膊上，胳膊枕在桌子上。我觉得贝贝做得实在太好了，她悄悄地走开了，一遍遍地说着："她不想让我知道她难过，我不会知道，我不会知道的！"然而，生日的最后，就是这么一个悲伤的结局。

---

⑤ 瞎子摸人：一种捉迷藏的游戏，由一人扮演瞎子蒙住眼睛，在规定的范围之内摸到其他人中的一个，说出这个人是谁，然后由被摸到的人继续扮演瞎子。因为游戏者会有身体接触或身体倾斜的情况，所以贝贝头上的花环歪了。但这一次贝贝的花环不是被别人碰歪的，而是因为贝贝自己的运动变歪的，因此说 twisted itself.

第二天一早，贝贝就开始寻找机会，想悄悄把彼得的火车头修好。这机会居然在第二天下午就来了。

妈妈坐火车去最近的镇上买东西了。她每次去镇上，总要去邮局一趟，可能是给爸爸寄信，因为妈妈从来不把信交给孩子或者维妮太太去寄，也从来不会一个人去村子里。彼得和菲丽斯跟妈妈去了。贝贝想找个借口不去，可是怎么想，也想不出个好借口。就在她觉得一切希望都消尽的时候，她的连衣裙让厨房门上的一个大钉子给挂了，裙子前面就撕了一个十字形的大口子。我保证，这件事的确是一场意外！众人都可怜她，但时间已经很晚了，得马上去车站赶火车，没时间让贝贝换衣服了，就让贝贝看家，别人先走了。

三个人出门之后，贝贝换上了平日的裙子，沿着铁道走了下去。她没进到车站里头，而是沿着铁路线一直走到了站台的尽头；每当下行火车停站的时候，车头就停在这里。这地方有一个水箱，还有一根长长的皮水管，软塌塌的，好像大象的鼻子。贝贝藏在铁道另一边的灌木丛后面，那个玩具火车头，事先用棕色的纸包好了，夹在胳肢窝里，耐心地等着。

下一班火车停下来的时候，贝贝跨过了上行线，站在火车头边上。她以前从来没跟火车头离得这么近。火车头看上去比她想象的大得多，也硬得多，让人感觉自己特别矮小，而且不知怎的，特别柔软——就好像自己也特别特别容易受重伤。

贝贝自言自语："我现在，可知道蚕宝宝是个什么感觉了！"

司机和锅炉工都没看见她，两人正在车厢另一边，探出身子去，跟搬运工说着一条狗和一条羊腿的事哩。

诺贝塔说："不好意思！"可是火车头正在吐蒸气，谁也没听见她说话。

诺贝塔提高了一点声音："不好意思，工程师先生！"可是火车头正好也拉汽笛了，把诺贝塔小小的声音完全盖了下去。

看来，只能爬上火车头，拽那两人衣服了。火车的台阶很高，可贝贝还是一只膝盖挪了上去，又爬进了车厢。她绊了一跤，双手双膝着地，摔在了一堆煤块上，煤一直堆到煤水车的方形开口那里。别的火车头的毛病，这个火车头也没改掉；噪音实在是太大，比它的同伴们好不了哪儿去，要跑起来根本用不着这么大声。诺贝塔摔在煤堆上的时候，火车司机已经转过身去了，没看见她就发动了火车，等到贝贝爬起来，火车已经开了，开得不太快，不过足够让她下不去了。

贝贝脑子里一个闪念，什么吓人的想法都冒出来了。她记得，有那么一种特别快车，一口气跑上好几百英里都不停。这要是特别快车，该怎么办呢？她怎么回家呢？她可没有钱买回程票啊！

贝贝想："我不应该在这儿的，我扒了车——这就是我做的事儿！他们肯定会把我关起来的，不用多想了。"火车跑得越来越快了。

喉咙里好像堵了东西，压根儿说不出话来。她努力了两次，还是不行。那两个人都是背朝着她，摆弄着几个东西，像是水龙头。

贝贝突然伸出一只手，抓住了最近的一只袖子。那人吓了一跳，猛然转身，他和诺贝塔就对视了足有一分钟，谁也没说话。然后，俩人同时打破了沉默。

那人说："我的个老天爷！"诺贝塔"哇"一声哭了。

另一个人说的好像是"吓死我了"，却并没有那么恶声恶气，连他自己也吃了一惊。

锅炉工说："你这个淘气的死丫头！你就这德行！"

司机说："我管她叫'小大胆儿'！"两人扶着贝贝，坐到车厢里一个铁椅子上，让她别哭了，说说扒火车要干什么。

贝贝确实很快不哭了。有一个念头帮了她的忙，她想，彼得要是能像她现在这样，坐上真正的火车头，往前飞跑，哪怕要拿自己的耳朵换，也没准儿会在所不惜。孩子们经常会想，是不是有哪个司机，是个大好人，能带他们坐上火车头——如今，贝贝就坐上了。她擦干了眼泪，使劲抽鼻子。

锅炉工说："好吧，那你说吧。扒火车是个什么意思，嗯？"

贝贝抽鼻子："啊，对不起！"

司机鼓励地说："你再试着说说。"

贝贝就试着说了。

贝贝说："对不起，工程师先生！我是从铁路上叫您来着，可是您没听见——然后我就爬上车要碰您的胳膊——我只是想轻轻碰一下——然后我就摔在煤堆里头了——要是吓着您了，我真对不起呀！啊，您可别生气——求您千万别生气！"她又抽了下鼻子。

锅炉工说："我们没那么生气，更觉得好玩。你说比尔，天上掉下个小丫头，掉进咱们的煤槽里头，这事儿可不是天天有吧？你这样为的什么——嗯？"

司机表示同意："这才是重点，你这样，为的什么？"

贝贝发现，自己还没有止住哭声哩。司机拍拍她后背说："得啦，伙计，高兴点。我肯定，还没有那么糟呢。"

"我要——"贝贝一听司机叫她"伙计"，高兴了，"我只想问问您，您能不能行行好，帮我把这个修好？"她把那个棕色纸包从煤堆里捡起来，又红又热，抖抖索索的手指头解开了绑绳。

贝贝的双腿双脚，都感觉到了火车头的灼热，但双肩感到的却是肆虐的冷风。火车颠仆着前行，左摇右晃，嘎嘎作响。从一座桥洞中穿过的时候，桥洞还仿佛对着她嘶鸣一般。

锅炉工铲了一铲子煤。

贝贝剥开棕色的包装纸，显出了玩具火车。

贝贝的声音充满了渴望："我想，您没准儿能帮我把这个修好，因为您是工程师啊，对吧？"

司机说："他要不是成仙了就是见鬼了。"

锅炉工又感慨："我要不是见鬼了就是成仙了。"

但是，司机还是把小小的火车头拿过去看了看，锅炉工也有那么一下子，不铲煤了，也看了看小火车头。

司机说："小得就跟你那金贵脸蛋儿一样，你为啥觉得，我们会专门花时间捣鼓这些个小玩意儿？"

贝贝说："我不是说自己脸蛋儿金贵，只是我觉得，铁路上的人个个都特别和气，特别好，我以为您不会介意呢。您真没介意吧——没错吧？"贝贝瞧见两人互相眨了眨眼，那神情并不算冷峻，就加了这么一句。

比尔说："我这一行，是开火车的，不是修火车的，特别是这么一个小不点儿火车。还有一样，我们得把你送回去，见你那帮哭天抹泪的亲朋好友，咱们还都得不计前嫌，把这事儿一笑了之。你说这咋办呢？"

"您要是下一站把我放下来，"贝贝双手紧握在一起，胳膊贴在胸前，感到心脏激烈地跳动，却还是坚定地说，"再借我钱，让我买一张三等票，我凭良心发誓，我一定把钱还给您！我不是报纸上说的那种诈骗——我真不是！"

"你真是个不折不扣的小淑女啊。"比尔忽然彻底变慷慨了，"我们就把你平平安安送到家好了！至于这个小火车嘛，吉姆，你那儿就没个伙计，会使烙铁吗？我觉得，这个小愣头青，只让他拿烙铁焊一下就行啦！”

贝贝赶紧说：“爸爸也这么说我来着！——请问这个是干什么的？”

贝贝指着一个小小的黄铜轮子，比尔刚刚转了一下这个轮子。

比尔说：“这是注水器。”

“注……什么？”

“注水器，给锅炉加水的。”

“啊。”贝贝暗暗记住了，准备给大家讲，“这可真好玩儿呀！”

比尔一看贝贝这么感兴趣，也挺高兴的，就接着说：“这儿这个，是自动刹车。你只要动一下这个小把手——你一个指头就能扳动——火车‘刷’一下就停了。这就是报纸上他们说的‘科学的力量’！”

比尔还给贝贝看了两个小表盘，就跟挂钟的钟面一样，告诉她，一个表盘显示的是有多少蒸汽，另一个表盘显示的是刹车是否正常。

等看到比尔拿着一根闪闪发亮的铁把手，把蒸汽阀关上的时候，贝贝学到的火车头的知识，已经远远超过了她之前的想象——她从来也没想到能有这么多！吉姆保证说，他二表哥的小舅子一定能把玩具火车修好，就算修不好，吉姆也一定把原因给问出来。而且，贝贝不光学会了那么多，还觉得，她跟比尔、吉姆成了一辈子的朋友。至于她不请自来，上了煤水车，在他们神圣的煤块儿中间跌跌撞撞这件事，已经得到了完全、彻底、永远的谅解。

到了斯泰科普尔枢纽站，贝贝带着满脸笑意，跟比尔、吉姆互相致敬，同两个人分开了。俩人把贝贝托付给了返程火车的守车员，守车员跟他们是朋友。贝贝终于知道了，守车员在秘密的快捷旅程中，会做些什么事儿。她还明白了，车厢里有一根通信绳，一拉绳子，就有一个轮子，在守车员鼻子底下转起来，让守车员看到。还有一个声音很大的铃铛，在他耳边震响。贝贝问守车员，他的车厢怎么鱼腥味儿这么重？守车员说，他每天都得拉不少鱼，车厢地板是瓦楞形状的，中间有一条一条的沟，沟里的水分，全都是从运鱼的箱子里渗出来的，有鲽鱼、鳕鱼、鲭鱼、舌鳎鱼，还有胡瓜鱼。

贝贝回到家，刚刚赶上喝下午茶。她觉得，自从她跟家人分开，脑子里灌进去的东西太多，简直都要炸了。她可真庆幸，当初那个钉子把自己连衣裙划破了！

家人问："你上哪儿去了？"

诺贝塔说："当然上车站去啦。"可是，这一天的冒险，她可一个字都没有透露，直到约定的那一天，下午3点19分换乘车的时间，她才把大家带到了车站，骄傲地把一家人介绍给了她的朋友——比尔和吉姆。至于吉姆二表哥的小舅子，也没有辜负那神圣的托付。那个小火车头，修复得就跟新的一样好！

"再见——啊，再见啦！"贝贝刚刚说完，火车头紧接着就长鸣起来，向他们道了再见，"我会永远、永远爱你们——也爱吉姆二表哥的小舅子！"

三个孩子上山回家，一路上，彼得抱着焕然一新的小火车头，贝贝讲了自己扒火车的故事，快乐得心儿怦怦直跳。

第五章

囚犯与俘虏

一天，妈妈到“少女桥”去了，她一个人去的，但嘱咐孩子们到车站等她。按说，孩子们到车站的时间，比妈妈的火车准点到站的时间（虽然实在不太可能准点），应该整整早一个小时。他们这么喜欢车站，来得这么早也是天经地义的。如果天气晴朗，可以自由享受森林、田野、小山、河流的欢乐，他们是一定会来得那么早。然而，这一天正好阴雨不断，七月份也很少会有像今天这么冷的时候。狂风卷着一团团淡紫色的云朵，驰过天空，用菲丽斯的话说，“就像一群梦里看见的大象”。雨点儿打在身上也特别痛，于是他们一路跑着来到车站。到了之后，雨下得越来越大，斜打在售票处的窗户上，也打在一个冰冷房间的窗户上，房门上写着“候车大厅”。

菲丽斯说：“这地方就跟个围城一样，瞧那些敌人射的箭，都射在城垛上啦！”

彼得说：“倒不如说，像花园里头，一个特大号的浇水莲蓬头哩。”

孩子们决定还是在上行车的站台一边等着，因为下行车的站台实在湿透了，雨直往那个寒酸的小棚子里灌，下行车的乘客就在那儿等车呢。

孩子们会看到两列上行车、一列下行车，然后妈妈坐的那列火车才能回来。这一个小时，一定会充满各种偶然，趣味横生吧。

贝贝说："兴许那时候，雨就停了。不管怎么样，还好我把妈妈的防水外套跟雨伞都拿来了。"

孩子们进了那个荒废的所在——候车大厅，玩起了"扮广告"的游戏来，时间很快就高高兴兴地打发过去了。您也听说过那个游戏吧？有点儿像"你做我猜"游戏[①]，玩游戏的人挨个儿出去，等进屋的时候，就尽量扮成一个广告里的形象，让别人猜是什么广告。贝贝进屋，坐到妈妈的雨伞下面，扮出一张尖嘴猴腮的脸[②]。大家都猜出来了，她扮的是广告里坐在雨伞底下的狐狸。菲丽斯想用妈妈的防水外套做一条魔毯，可是怎么也没法把外套弄成魔毯那样，硬邦邦的像个筏子，结果谁也猜不着。彼得呢，把整个脸拿煤灰都给涂黑了，摆出一副好像蜘蛛的样子[③]，说自己是"小墨水"，给某人的蓝黑墨水做广告。大家都觉得他有点儿太过分了。

又轮到菲丽斯了。她刚想扮成狮身人面像，宣传某人，铃铛就大声响了起来，上行车来了！三个孩子赶紧跑出去，要看火车过站。火车头的司机和司炉，如今已经成了孩子们最亲爱的朋友。众人互相行过礼，吉姆问起了玩具火车头的事儿，贝贝拿出一袋潮湿的太妃糖，油腻腻的，是她自己做的，硬塞到吉姆手上。

司机受宠若惊，答应她，将来会带彼得，坐着火车头兜一圈。

"伙计们往后站！"司机突然大喊，"她要走啦！"

---

① "你做我猜"游戏：英语别名 charades，一种猜词游戏，一方用动作表示一个词，让另一方来猜。

② 一张尖嘴猴腮的脸：贝贝扮的是狐狸牌手工雨伞（Fox Umbrellas），1868 年创立的英国老品牌，以坚固耐用著称。

③ 彼得是伸开四肢，弯曲，模仿墨水的污迹。因为蜘蛛和墨水污迹都有很多分叉，又细又长。

火车绝尘而去了。孩子们一直望着火车尾灯，直到铁路拐了个弯，看不见尾灯了，才转身回到候车大厅，想要继续享受那种满布灰尘的自由，还有玩广告游戏的欢乐。

孩子们本以为会看到，一列乘客最后的一两个人，这些乘客都是交了车票又出站的。可是，车站门口的站台上，却染了一个暗色的墨水点子，那个“墨水点子”其实是一群人。

“啊！”彼得又惊又喜，大叫一声，“出事了！看看去！”

三人沿着站台跑了下去。等跑到人群跟前，却当然只能看见外边一圈人潮湿的后背，还有胳膊肘。所有人都一块儿说话，显然，出了什么大事。

“我觉得他顶多也就是个白痴，不至于更糟糕了。”有个一脸农夫相的人说，彼得看见他的脸红通通的，胡子刮得干干净净。

“你要问我，我就说，这种事应该让治安法庭④来管。”一个拿着黑包的年轻人说。

“不对，还是应该上诊所……”

然后，响起了站长沉稳而威严的声音：

“请大家散一下！各位如果愿意，这件事由我来处理！”

但人群并没有散。接着又响起了一个声音，着实让孩子们吓了一跳，因为那人说的是外国话，而且这种语言，他们还从来没有听过。他们听人说过法语和德语，艾玛姑姑会说德语，还唱过一首德语歌，唱的是 bedeuten、zeiten、bin、sin⑤。也不是拉丁语，彼得以前上过四个学期的拉丁语课。

---

④ 治安法庭：英国负责小案子的初级法庭。

⑤ “bedeuten”等：几个基本的、常用的德语词。Bedeuten= 意思，zeiten= 时候，bin= 与“我”搭配的“是”，相当于英语的 am；sin 应该是 sind= 与“您”或“他们”搭配的“是”，相当于英语的 are.

然而，孩子们发现，这些人里头，也没有人比他们更明白这种外国话，于是还是感觉有点儿欣慰。

农夫粗声粗气地说："他说的什么呀？"

站长有一次去过布伦，待过一天。他说："我听着好像是法语。"

彼得喊："不是法语！"

立刻有好几个人问："那是什么语？"人群稍微分开了一点儿，要看清楚谁在说话。彼得往前挤了过去，等人群合拢起来，彼得已经挤到前排了。

彼得说："我也不知道是什么语言，不过肯定不是法语！"然后，他看见了人群重重包围的东西——那是一个男人，彼得确信，这种外国话就是他说的。这个人留着长头发，一双狂野的眼睛，衣着破烂，是彼得从来没有见过的一种式样。男人的双手和嘴唇不停颤抖，眼光一落到彼得身上，就又说起话来。

彼得说："不是，肯定不是法语。"

农夫说："要是你那么明白，跟他说几句法语试试！"

"Parlay voo Frongsay？"⑥彼得大胆地说了一句，紧接着众人就又轰地往后退了一下，因为那眼光狂野的男人，原先是靠在墙上的，这时却扑过来，抓住了彼得的双手，吐出一连串单词，彼得一个单词都听不懂，却认得这种声音。

"不错！"彼得说，然后，双手还被攥在那个衣衫褴褛的男人手里，身子转了过去，朝众人投去胜利的一瞥，"不错，这才是法语呢！"

---

⑥ 法语，意为："您会说法语吗？"彼得发音不标准，因此这句话是按照不标准的发音拼写的，正确拼写应为 Parlez Vous francais?

“他说的什么？”

“不知道。”彼得只好照实回答。

站长又说：“那，你要是愿意，就接着跟他说吧。这件事我来处理。”

有几个旅客，要么是太胆小了，要么不爱寻根究底，慢慢地、不情愿地走开了。菲丽斯和贝贝来到彼得身边。三个人都在学校让老师“教过”法语。如今，他们多希望自己“学过”啊！彼得冲陌生人摇摇头，但也摇了摇陌生人的手，看着陌生人，动作和眼光都尽量友善。人群里有个人犹豫了一下，突然说：“No comprenny！[⑦]”然后脸涨得通红，往后挤出人群，走了。

“把他领到您屋里去！”贝贝冲站长咬耳朵，“妈妈会说法语，她坐下一班火车从‘少女桥’过来。”

站长抓住陌生人胳膊，动作不算凶，只是有点儿突然。可那人还是猛一下挣脱了站长，身子缩了回去，又咳嗽又发抖，要把站长推开。

贝贝说：“啊，您千万别这样！您没见他有多害怕么？他以为您要把他关起来！我知道他怎么想的，您看他的眼睛啊！”

农夫说：“狐狸掉陷阱里头，眼神就这个模样！”

贝贝又说：“让我试试吧！我要是仔细想想，还能想出一两个法语词儿的！”

有时候，到了迫不得已的时刻，我们能作出奇迹般的事——那些事情，平时就连做梦也梦不到。贝贝在法语课上的成绩，远远算不得最好，可是她肯定也在无意中学到了点什么。此刻，看着那双

---

⑦ No comprenny：法语，意为“（您）没懂”。这句话的拼写不标准，正确拼写应为 Non comprenez pas，这句是口语，省略了 pas。

狂野的、受伤害的眼睛，她忽然想起了几个法语词，而且还说了出来。贝贝说：

“Vous attendre. Ma mere parlez Francais. Nous[8]——法语‘好意’怎么说？”

谁也不知道。

菲丽斯说：“bong 就是‘好意’。”

“Nous etre bong pour vous.”[9]贝贝说的话，我不知那人明白了没有，但贝贝一只手轻轻握住他的手，他明白了这只手的触感。另一只手抚摸着他破烂的衣袖，他也明白了这只手的和善。

贝贝拉着陌生人，走向站长那神圣的避难所。彼得和菲丽斯也跟了进去，站长在众目睽睽之下，关上了房门。众人站在售票处里面，议论纷纷，看着紧闭的黄色房门，接着三三两两，嘟哝着走开了。

站长室里，贝贝还是一只手握着陌生人的手，一只手抚着他的袖子。

站长说：“我的老天爷，没车票，连他要去哪儿都不知道。我还不确定，可我该做的，应该就是找人叫警察。”

“千万别！”三个孩子一起恳求。贝贝猛然挡在了陌生人跟众人之间，因为她看见陌生人哭了！

不知怎的，贝贝运气好极了，口袋里竟然装了一块手绢。运气更好的是，这手绢还不太脏。她挡在陌生人跟前，把手绢掏了出来，暗暗递给他，不让别人看见。

---

⑧ 法语，意为“您等一下，我妈妈会说法语，我们……”

⑨ 贝贝着急时，说的有错误的法语，意为“我们是为了您好”。Nous=“我们”，etre=“是”，只能搭配“您”而不能搭配“我们”。

菲丽斯说："等妈妈来吧，她的法语说得真不错。您一定喜欢听她说法语。"

彼得说："我肯定，这个人没干坏事，不至于让您把他送监狱的。"

站长说："我好像也看不出来，有什么办法能把他送监狱。好吧，要是先等一下，等你妈妈来，这个人情我还乐意送给他。我倒真想知道，哪个国家有他这么一号人。"

彼得灵机一动，从兜里掏出来一个信封。信封上有一半的地方贴满了外国邮票。

彼得说："您瞧，咱们给他看看这些——"

贝贝一看，陌生人已经拿她的手绢，把眼睛擦干了。她就说："好吧！"

他们给陌生人看了一张意大利邮票，先指他，又指邮票，再指他，扬了扬眉毛，作出提问的表情。陌生人摇了摇头。他们又给陌生人看了一张挪威邮票——通常的那种蓝色邮票[⑩]——陌生人又表示不对。他们又让他看了一张西班牙邮票，陌生人就从彼得手中拿过信封，用一只颤抖的手指点着，挨个儿找。最后他伸出的那只手，终于用回答问题的手势，圈住了一张俄罗斯邮票。

彼得喊道："他是俄国人！不然就是'当国王的人'——你知道，吉卜林[⑪]小说里写的！"

---

⑩ 蓝色邮票：挪威在 1855 年发行第一枚邮票，票面是蓝色的。

⑪ 吉卜林：此处意为英国小说家鲁德亚德·吉卜林（Rudyard Kipling）。他有一部中篇小说《国王迷》（*The Man Who Would Be King*，直译"本来应当成为国王的人"，又译《大梦难觉》），其中有一段情节，叙述者"我"看到一个穷困潦倒的人在路边爬着走，这个人有过一段传奇经历，与文中的情节类似。彼得说错了小说的名字。

信号响起，火车从“少女桥”来了。

贝贝说：“我守着他，你们把妈妈接来！”

“小姐，你不害怕？”

贝贝说：“我才不怕呢！”她瞧着陌生人，那眼神就像看一条陌生的狗，这条狗还天性多疑，“您不会伤害我吧？”

贝贝对着陌生人笑了笑，陌生人也回了个笑容，一个奇怪而扭曲的笑容，接着又咳嗽起来。火车那沉重的呼啸声，带着震颤扫过，站长、彼得、菲丽斯都出去迎接。等他们带着妈妈回来，贝贝还握着陌生人的手。

俄国人站起身来，极为庄重地鞠了一躬。

妈妈就跟他说法语，他也用法语回答。一开始犹犹豫豫，但很快说的句子就越来越长了。

孩子们看着两个人的表情，知道陌生人告诉妈妈的事，让妈妈又恼火，又同情，又难过，又愤慨。

站长再也压不住好奇心了：“我说，夫人，这到底怎么回事儿啊？”

妈妈说：“啊，没什么。他是俄国人，把车票给丢了。我恐怕他病得还不轻。您要是不介意，我这就把他接回家里去。他实在是太累了。明天我下山，把他的情况，跟您好好说一下。”

站长怀疑地说：“希望您到头来不会发现，带回家的是条冻僵的毒蛇[12]！”妈妈爽朗地笑了：“不会，我确信不会的。唉，他在俄国是个了不起的人，会写书，写得特别漂亮；我看过几本，不过还是明天再跟您说吧！”

---

⑫ 冻僵的毒蛇：《伊索寓言》中《农夫和蛇的故事》的典故。农夫把冻僵的毒蛇带回家里，蛇却咬死了农夫。站长在提醒妈妈要小心，那个俄国人可能是坏人。

她又用法语跟俄国人说了几句话，大家都看见，俄国人眼里充满了惊讶、欢喜、感激。俄国人起身，又恭恭敬敬给站长鞠了一躬，郑重地向妈妈伸出手臂，请她挽住。妈妈挽住了他的手，但所有人都看得出来，是妈妈在帮俄国人，而不是俄国人在帮妈妈。⑬妈妈说："姑娘们，快回家，把客厅炉子点上，彼得最好去找大夫。"

结果却是贝贝去找了大夫。

贝贝看见大夫的时候，大夫只穿一件短褂，正给自家的三色堇花床忙着除草。贝贝上气不接下气："我真不想来麻烦您，可是妈妈请了一个俄国人来，穿得破破烂烂的，我肯定，他一定会加入您的会员。他身上绝对没有一分钱。我们是在车站发现他的。"

"发现他？他迷路了？"大夫伸手去拿外衣。

贝贝出乎意料地说："对啊！他就是迷路了。他跟妈妈说了自己的事，说的是法国话，那些事让人特别难过，特别感动。妈妈还说，您要是在家，能不能麻烦您直接来一趟。那个俄国人咳嗽得特别厉害，还老是哭。"

大夫笑了下。

贝贝说："您别笑，求您千万别笑！您看见他就笑不出来了。我以前从来没见过男的哭。您不知道他哭起来什么样儿！"

佛罗斯特大夫后悔了，刚才不该笑。

贝贝和大夫到了三烟囱的家里，看见俄国人正坐着一把扶手椅，那椅子之前是爸爸坐的；把两只脚伸到火炉近旁，炉子里的木柴烧得正旺，小口抿着妈妈给他泡的茶。

---

⑬"郑重"句：按照20世纪初的西方上流社会礼仪，成年男子与老年或体弱的女性同行时，应让对方挽着自己的手臂，分担对方的一部分重量。因此这个场景从表面的动作来看，似乎是俄国人在帮妈妈。

大夫检查过后，就说："看来，精神和身体都非常疲劳。咳嗽的症状很严重，但没什么治不好的病。不过他应该马上卧床休息，夜里必须生火才行。"

妈妈说："那就在我的屋子生火吧，只有我的卧室才有壁炉。"妈妈去生了火，大夫马上扶着陌生人上了床。

妈妈房间里有一个大黑箱子，孩子们谁也没见过妈妈把箱子的锁打开。现在，妈妈给炉子点了火，就把这箱子打开了，从里头拿出几件衣服——男人的衣服——放在刚点着的火炉旁边烤了烤。贝贝拿了点木柴进屋，看见妈妈拿出来的衣服里头，有一件衬衫，是当睡衣穿的，衬衫上边有一个标记。她又看了看那个打开的黑箱子，里面好像全是男装。衬衫上那个标记，是爸爸的名字。就是说，爸爸出门的时候没带上衣服。而且这件睡衣衬衫，还是爸爸新衣服里头的一件，贝贝记得，彼得过生日之前，这件衬衫才刚刚做好。爸爸为什么没有带上衣服？贝贝悄悄溜到了屋子外头，出门的时候，听见钥匙在箱子锁孔里转了一下。贝贝的心都快跳出来了。爸爸究竟为什么没带衣服啊？妈妈走出屋子，贝贝一把搂住了妈妈，两只胳膊紧紧环住妈妈的腰，小声说：

"妈妈，爸爸不会是……不会是死了吧？"

"宝贝！没有！你怎么会想这么可怕的事？"

"我……我也不知道。"贝贝特别恨自己，但还是死死坚持自己的决心，一点也不想看到妈妈不让她看的东西。

妈妈匆匆抱了贝贝一下："我最后一次听说爸爸消息的时候，爸爸还非常好，非常好。他总有一天会回来的。宝宝，别再想这么可怕的事了！"

后来，那个俄国陌生人舒舒服服睡下了，妈妈进了两个女儿的房间。她要睡菲丽斯的床，菲丽斯要打地铺，她觉得打地铺可好玩，可刺激了。妈妈径直进了屋子，只见两个白色的人影，腾地坐了起来，两个声音迫不及待喊道：

“快，妈妈，给我们讲那位俄国先生的故事！”

还有一个白色人影，连蹦带跳进了屋，正是彼得。彼得在身后拖着被子，就跟个白孔雀的尾巴似的。

彼得说：“我们等得可耐心啦，我得咬舌头，才能不睡着。刚才差点儿睡着了，就咬得太狠了，疼死我了！您快讲吧！讲个长长的故事，一定要精彩！”

妈妈说：“今天晚上可没法讲得太长，我累坏了。”

贝贝一听声音，就知道妈妈刚才一直在哭，彼得和菲丽斯却不知道。

菲尔说：“那您能讲多长，就讲多长吧！”贝贝又搂住妈妈的腰，紧紧贴着妈妈。

“好吧，这故事太长，足够写一本书了。这位先生是个作家，他写的书特别好看。俄国有沙皇的时候，要是有钱的人做了错事，谁也不敢说什么；他们也不敢说。有什么办法能让穷人过得好一些，快乐一些。谁要是说了，谁就得坐牢。”

彼得说：“可是不会呀！人只有做了错事才会坐牢的。”

妈妈说：“法官要是觉得他们做了错事，他们也得坐牢。没错，英国是这样的。可是俄国跟咱们不一样。他写了一本非常美的书，写的是穷人的事，写应该怎么帮助穷人。我看过那本书。里面只有好意，只有善良，别的什么都没有。结果就因为这本书，他就被送去坐牢了。三年时间，他都待在一个恐怖的地牢里边，差不多一点儿光亮都没有，还特别潮湿，可怕极了。一个人，在监狱里待了三年。”

妈妈的声音有点儿发颤，忽然停下不说了。

彼得说:“可是妈妈，现在不可能有这种事啊！听起来像是历史书里的事儿，宗教裁判所什么的。”

妈妈说:“这是真事儿。可怕的百分百的真事儿。然后呢，他们就把他从牢里押出来，送到西伯利亚去了。他是个犯人，跟别的犯人用铁链子锁在一块儿——那些都是坏人，干了各种各样的坏事——锁成长长的一串，他们就走啊，走啊，走啊，一直走到他以为再也停不下来。还有官差跟在后头，拿着鞭子——没错，是鞭子——犯人累了就拿鞭子抽。有的人走得一瘸一拐，有的人倒下去了，要是起不来，没法接着走，官差就打，打完了就扔下他们，让他们等死。唉，实在是太可怕了！最后他来到了煤矿上，被判要在矿上待一辈子——那可是一辈子啊，只因为他写了一本高贵的、了不起的好书。”

“他怎么跑的？”

“后来打仗了，有些俄国犯人，政府就让他们自愿当兵。他当了兵，可是一有机会，马上就逃跑了，然后——”

彼得说:“可是，当逃兵的人，不是胆小鬼吗？特别是打仗的时候。”

“你觉得，要是一个国家把他折磨成这样，他还欠这个国家什么吗？要是他真欠了国家什么，他欠妻子、孩子的就更多了。他都不知道妻子、孩子现在变成什么样了！”

贝贝喊道:“啊，那他坐牢的时候，他妻子跟孩子，也一直会想他，也会因为他伤心么？”

“对。他坐牢的时候，妻子跟孩子也一直想他，也因为他而伤心。他听见的消息说，妻子跟孩子可能也进了监牢。这种事在俄国不新鲜。可是他在煤矿上的时候，有些朋友想办法给他送了个信儿，说妻子跟孩子逃跑了，跑到了英国。所以他一当逃兵，就到英国来找他们了。”

彼得很务实地说：“他有他们的地址吗？”

“没有，只知道在英国。他要去伦敦，觉得应该在我们这一站换车，然后就发现，连车票带钱包一块儿丢了。”

“啊，您觉得他会找到吗？——我是说妻子跟孩子，不是说车票什么的。”

“但愿吧。啊，我希望，我也祷告，他会跟妻子孩子团聚的！”

这会儿，妈妈的声音剧烈地颤抖，连菲丽斯也觉出来了。

菲丽斯说：“唉，妈妈，您为了他，一定特别特别难过吧！”

妈妈足有一分钟没说话，然后只说了一个字：“是。”然后似乎就陷入了沉思。孩子们都不说话了。

没过多久，妈妈又说：“孩子们，我觉得，等你们祷告的时候，请上帝可怜所有的犯人和俘虏吧。”

“请上帝可怜——”贝贝慢慢地重复了一遍，“所有的犯人和俘虏。妈妈，是这么说吗？”

妈妈说：“对，可怜所有的犯人和俘虏。所有的犯人，所有的俘虏。”

第六章

火车营救

第二天，俄国先生有了些起色，第三天又更好了些，第四天已经能到花园里散步了。妈妈给他预备了一把柳条靠椅，让他坐着，他穿着爸爸的衣服，这衣服穿在他身上有点儿太大了。不过，妈妈给袖子跟裤子缝了缝边，也就非常合身了。如今，他脸色既不疲惫，也不害怕，显得十分和善。一看到孩子们，就会向孩子们微笑。孩子们多希望他会说英语啊。妈妈觉得，有些人可能知道，这位俄国先生的妻儿在英国的下落，就给这些人写了几封信。他们可不是妈妈搬到三烟囱之前认识的那些人，妈妈从来没给那些老相识写过信；而是国会议员、报纸编辑、社团秘书这么一些陌生人。

妈妈写故事也写得不多了，只是跟俄国人一起坐着晒太阳的时候，会做校对，还时不时跟他说几句话。

三个孩子都拼命想表达，自己多么同情这个俄国人，他只是因为给穷人写了一本美丽的书，就被关进监牢，送到了西伯利亚。当然，孩子们可以冲他笑，也确实冲他笑了；但是如果笑得太多了，也容易让笑容僵在脸上，跟鬣狗的笑容一样，看着也傻里傻气的，一点儿也不亲切了。于是，孩子们就试了试别的办法，一个劲儿给他送花，最后，他的椅子周围，摆满了一束束三叶草、玫瑰、风铃草，花儿已经开始凋谢了。

然后，菲丽斯又想到一个主意。她神神秘秘地把大家叫到一块儿，把他们领到后院里头，聚到压水机跟集雨桶之间的一个秘密地点，说："你们还记不记得，珀科斯当初跟咱们保证，说等他家的花园里结了第一批草莓，就把草莓送给咱们？"珀科斯就是那个搬运工，您应该还没有忘记。"现在，草莓应该熟啦。咱们下山瞧瞧去！"

妈妈当初也许下诺言，要给站长讲那个俄国犯人的经历，所以一直待在山下。可是，就连铁路也没法吸引孩子，从这个充满魅力的陌生人身边走开。于是，孩子们有三天一直没去车站。

现在去了。

结果，珀科斯对孩子们却十分冷淡，三个人又吃惊又难过。

三人在司闸室的门口往里偷着瞧，珀科斯看见了，只说了一句："荣幸得很嘛，我肯定"，就接着看报纸。

一阵令人难堪的沉默。

贝贝叹了口气说："啊，天哪，我觉得您真是有点儿凶巴巴的。"

珀科斯高冷地说："什么？我？可不是我！对我可不算个甚。"

彼得说："什么对你可不算个甚啊？"他实在太担心，太害怕了，连词儿都没换。

珀科斯说："甚也不算个甚。不管是这儿的事儿，还是别处的事儿。你们要是想保密，就保密，我欢迎。我把话撂这儿！"

接着沉默了一下，三颗心的秘密角落都迅速检查过了，三颗小脑袋摇了摇。

最后，贝贝说："我们可没有什么事儿瞒着您啊！"

珀科斯说："你们兴许有事儿，兴许没事儿。对我不算个甚。祝你们仨，下午开开心心！"他把报纸举起来，挡在自己跟三人中间，接着看。

菲丽斯绝望了："啊，请您千万不要！您真是太吓人了！不管出了什么事儿，您倒是跟我们说啊！"

"不管什么事儿，我们都不是有意的！"

没有回答。珀科斯叠了一下报纸，接着看另外一栏。

彼得突然说："您瞧，这不公平！就算谁犯了罪，要挨罚，也不能不告诉他们，为什么要挨罚——就跟以前俄国一样。"

"俄国的事儿，我甚也不知道。"

"您知道！妈妈专门下山来，告诉您跟吉尔斯先生，我们家俄国人的事儿的！"

珀科斯生气地说："你就不能别乱想？你瞅见他请——请我上他屋子里头去，拿个椅子，听那夫人说啥啦？"

"您是说您没听见？"

"连一声喘气都没听见。我还真傻呵呵去问了，他呢，让我闭嘴，闭得跟老鼠夹子一样紧！他说：'珀科斯，这是国家大事！'可我当初还真以为，你们哪个人起码会下山来告诉我——你们想从老珀科斯这儿要东西的时候，可是机灵得很啊！"菲丽斯一想到草莓的事，脸涨得通红。珀科斯又说："火车头呀，信号机呀什么的，那些事儿。"

"我们不知道您不知道。"

"我们以为妈妈告诉您了。"

"我们本来想告诉您可我们觉得反正这新闻也不新鲜了。"三个人一块儿说话。

珀科斯说："挺不错！"还是举着报纸。菲丽斯忽然一把拿走了报纸，一下搂住了他的脖子。

菲丽斯说："咱们亲亲，做好朋友吧！您要是想让我们先道歉，我们就先道歉，可我们真不知道您不知道啊！"

彼得和贝贝也说："真对不起！"

最后，珀科斯总算接受了道歉。

三个孩子请珀科斯出来，坐到太阳底下，绿草茵茵的铁路边上。青草晒得可热了。三人就给珀科斯讲了那个俄国犯人的事，有时候一个一个讲，有时候一起讲。

珀科斯说："哼，我得说……"可不管是什么话，他到头来还是没说。

彼得说："嗯，您说，这事儿吓人不？我肯定，您绝对特别好奇，那个俄国人到底是谁。"

搬运工说："我与其说好奇，倒不如说觉得好玩。"

"哎，我真的以为，吉尔斯先生已经把这事儿告诉您了。他可真吓人啊。"

搬运工说："妹子，我可没因为这事儿怪他。你知道为啥？我知道他事出有因。他不想一听那人那么一说，自个儿就不站在自己一边了。人心啊，天生就不是那样儿的。不管他们干出什么事来，人嘛，说什么也得站在自己一边。有个词，叫政党政治，说的就是这么回事。就算那个长头发哥们是个日本人，我自己干的事，也肯定一样。"

贝贝说："可是，日本人没有做出这种残忍、邪恶的事儿呀。"

珀科斯小心地说："兴许没有，可咱们还是不能放心外国人。我觉得，他们都是拿一个刷子刷的漆，都挺黑的。"

彼得问："那你怎么站在日本人一边？"

"你瞧，人嘛，不是站这边，就是站那边。就跟工党、保守党[①]一样。你站了队，就不管怎么着，都死性不改，这才好呢。"

信号铃响了。

---

① 工党和保守党：英国国会的两大政党。珀科斯以此来说明人们总是分成帮派的。

珀科斯说："3 点 14 分的上行车来了。你们先躺下，等那姑娘过去，然后咱们再去咱家，看看草莓有没有熟的，我当初跟你们说了嘛。"

菲丽斯说："要是真有草莓熟了，您又真给我了，我要是送给那个可怜的俄国人，您不介意吧？"

珀科斯眯起眼睛，然后扬了扬眉毛。

他说："你们今儿下午来找我，就是为的草莓？"

菲丽斯这当儿很尴尬。说"是"听着很没礼貌，很贪心，还对珀科斯不友好。可是她知道，要是说了"不是"，将来对自己会不满意的。于是——

她说："是，就是为了这个。"

搬运工说："漂亮！实话实说，惭愧——"②

菲丽斯赶紧补上一句："可我们要是知道您没听过他的事儿，我们第二天也会来的。"

珀科斯说："小姐，我相信你！"就忽地一下，在开动的火车前面跳了过去，离火车头才六英尺。

姑娘们挺讨厌珀科斯这么跳，彼得却喜欢看他这么跳。真是太刺激了。

俄国先生一见草莓，欢喜得什么似的，结果三个孩子不得不绞尽脑汁，给他找点儿别的惊喜来。可是，脑汁绞到后来，也只想出来一个"野樱桃"，别的更新鲜的主意，一个也想不出来了。孩子们是第二天早上想到野樱桃的。这时候已经是春天，三个人看见了

② "实话实说"句：英国谚语，全文是"实话实说，惭愧恶魔"(speak the truth and shame the devil)。"地狱""魔鬼"等词在英语里有诅咒的含义，属于传统意义上的脏话，因此人们为了避讳，或者假装避讳，经常故意不说 devil 这个词。

树上开的花儿，就知道樱桃的季节来了，也知道应该上哪儿去找。铁路隧道张开的那张大嘴，就在一座悬崖下面。乱石丛生的悬崖上边，悬崖边上，就是那些樱桃树。还有不少别的树，白桦呀，山毛榉呀，小橡树呀，榛子树呀，这些树的中间，夹杂着闪闪发亮的樱花，白得如雪似银。

隧道口距离“三烟囱”还有一段路，妈妈送他们出去的时候，就让他们拿一个篮子，把午饭给带上了。要是找着了樱桃，就还拿篮子把樱桃装回来。她还把自己的银手表，借给了孩子们，这样他们就误不了回家喝下午茶了。彼得那块沃特伯里手表，有一天掉进大水罐子里头，就“心血来潮”不走了。三个孩子出了门，来到路堑的上头，靠在栅栏上，往下看铁路。这儿的地形，用彼得的话说，特别像一道山峡，铁路就躺在山峡底部。

“要不是底下的铁路，这地方看着就好像从来没有人走过似的，没错吧？”

路堑的两边都是灰色的石头，当初开凿得十分崎岖不平。路堑的上半段，原先是一条自然的小峡谷，让人凿得深了一点，让峡谷往下延伸到了隧道口的高度。大石头中间生着青草、野花，还有鸟儿掉在石头缝儿里的种子，已经生了根，长成了灌木、大树，高踞在路堑顶端。

彼得说：“咱们最好下去。我肯定，从台阶边上摘樱桃，一定特容易。当初咱们在那只小兔子[③]坟上采樱花，不就是从那儿摘的嘛。”

---

③ 前面菲丽斯提到过“兔子窝”，显然，孩子们曾经遇到过一只小兔子，还养过一阵子，后来兔子死了，他们很伤心，就给兔子修了一座坟。但是，兔子死掉的情节，书中并没有直接写出来。

他们就沿着篱笆，朝台阶顶上那个装着铰链的小栅栏门走了过去。快到小门了，贝贝忽然说：

“嘘！停！那是什么东西？”

“那”的确是一种非常奇怪的声音，一种轻柔的噪音；然而却听得很清楚，沙沙作响，宛如轻声细语，不论树枝间的风声，还是电报线的嗡嗡声，都没有把这噪音盖住。孩子们静听的当儿，这声音不响了，接着又响了起来。

这一次，声音没有停下，反而越来越大，沙沙声、隆隆声也越来越明显。

彼得突然大叫一声：“你看——那边的树！”

他指的那棵树，树叶是灰色的，很粗糙，开着白花。樱桃长出来的时候，颜色是深红的，红得发亮，可是一摘下来，还没等拿回家，就变黑了，让人扫兴得很。彼得指着树，就看这棵树竟然动了起来——树让风一吹，也会动，可这次不是这么动的，而是整棵树一块儿动，就像一只动物似的，活了，沿着路堑边上往下走。

贝贝喊：“树动了！你瞧！别的树也一块儿动呢！就跟《麦克白》④里头的森林一样！”

菲丽斯简直喘不过气来：“魔法！我早就知道，这铁路有魔力！”

还真有点儿像魔法。对面斜坡大概有二十码的一片地方，长的树全都慢慢儿朝着铁路走，那棵灰叶子树，负责断后，就好像一个牧羊老人，赶着一群绿色的绵羊似的。

---

④《麦克白》：莎士比亚著名悲剧，其中有这样的情节：麦克白是苏格兰的暴君，他的反对者在勃南森林（Birnam Wood）摘下树枝作掩护，向麦克白所在的邓西嫩城（Dunsinane）进军，看起来就像森林在移动一样。贝贝在这里引用了这个典故。

菲丽斯说："这是怎么回事？啊，怎么回事？我看，这魔法也太厉害了，我觉得不对劲。咱们回家吧！"

贝贝和彼得却还是抓紧栏杆，盯着对面，大气也不敢出。菲丽斯也就没自个儿往家走。

那些树一个劲儿往前挪，有些小石头，还有些松松垮垮的泥土都落了下来，打在下边远远的金属铁轨上，沙沙作响。

彼得想说："全都下来啦！"可他发现，嗓子差不多全哑了，根本说不出来。就在他说话的时候，那些会走的树顶上，有一块大石头，那石头也的确慢慢儿往前倾斜了。那些树都不动了，站着一个劲儿打颤。接着，大石头、树、青草、灌木，就齐齐呼啸一声，从路堑的侧壁上，整个儿滑了下来，随着一声巨响，砸到了铁路上边，腾起一片尘土的云。那巨响，半英里开外都听得见。

"啊！"彼得的口气充满了敬畏："往地窖里头倒煤，不就跟这个一样么！——要是地窖没有顶，能往里看，应该就是这样。"

贝贝说："瞧，出来一座多大的山啊！"

彼得慢慢地说："对。"还是靠着篱笆，又说了一遍，说得更慢了："对。"

然后站了起来。

"11 点 29 分下行车还没过去。得快点去车站告诉他们，不然就该出大事儿了！"

贝贝说："咱们快跑吧！"拔腿就跑。

彼得却喊道："回来！"看了看妈妈的表。这时他忽然变得迅速、干练，两人从来没见过彼得的脸这么苍白。

他说："没时间了！车站离这儿两英里呢，已经过十一点了！"

菲丽斯大气不敢出："咱们能不能爬上电报杆子去，摆弄摆弄电报线？"

彼得说："不知道怎么摆弄。"

菲丽斯说："打仗的时候，不是弄电线么。我听说过，我知道。"

彼得说："你傻呀！他们那是把电线给剪了！那可不是干好事儿！咱们压根儿上不去，上去了也不知道怎么剪啊！咱们要是有红色的东西，就能下去站在铁路上，来回摇晃那东西了！"

菲丽斯说："可是，火车只有拐过了前边那个弯，才看得见咱们，看见咱们了，也就看见土堆啦，看得一般清楚！不对，比看咱们还清楚呢！土堆比咱们大那么多！"

"只要咱们有点儿红色的东西！"彼得又说一遍，"就可以拐过弯去，摇那个东西，朝火车报警！"

"直接挥手也行啊。"

"他们肯定以为只是咱们自己，没别的事儿呢！以前不是老冲着火车挥手吗？得了，赶紧下去吧！"

孩子们沿着陡峭的台阶走了下去。贝贝脸色苍白，浑身颤抖。彼得那张小脸儿，看着也比平时瘦了。菲丽斯脸涨得通红，忐忑不安，汗都出来了。

菲丽斯说："哎，我热死了！还以为天儿要冷呢，咱们还不如不穿这个——"她忽然停下了，说完这句话的时候，语调就大不一样了，"法兰绒衬裙！"

贝贝在台阶底下，猛地转身。

她喊道："对呀！这裙子是红的呀！赶紧脱了吧。"

两个女孩子就脱了衬裙，卷起来，贝贝和彼得拿胳膊夹着，沿铁轨跑了下去，绕过了刚刚堆起来的土石山，还有不少树，那些树都给压弯、压碎、变了形。三人全力飞跑。彼得一马当先，两个女孩子也没落下多远。三人跑过了拐角，就是这个拐角，把土石山挡了起来，拐弯之后，是一条直直的铁路，半英里长的路上，没有拐角，也没有弯道。

彼得抓紧了那件最大的法兰绒衬裙，说："来吧！"

"你不是……"菲丽斯打了个磕巴，"你不是要把衣服扯了吧？"

彼得忽然特别严厉："闭嘴！"

贝贝说："好，你愿意扯，就扯碎点儿吧！菲尔，你不明白么？要是没法让火车停下来，咱们眼前就得出一场大事故，会死人的！多可怕！诶，彼得，有带子挡着的地方，你可撕不开！"

贝贝把衬裙从彼得手里拿过来，沿着离带子一英寸的地方撕开了，又把另一件也照样子撕开了。

彼得说："行了！"他也过来帮着扯。他把每件衬裙都撕成三片儿，又看了看表："现在有六个旗子啦！咱们还有七分钟！得做点儿旗杆！"

不知怎的，大人送给男孩子的那种小刀，刀刃差不多总是过一阵就钝了。他们打算用小树苗做旗杆，结果根本削不断，只能使劲往外拔。连根拔了两棵，把树叶都弄掉了。

彼得说："得在旗子上挖洞，把木棍子穿过去才成！"洞挖好了。那把小刀虽说不快，切法兰绒还是绰绰有余。有两面旗子，竖在了下行铁轨枕木的石头堆中间，然后菲丽斯、诺贝塔一人拿了一面旗，站好，准备一看见火车就挥起来。

彼得说："剩下两个旗子我拿，因为是我出的主意，要用红色的东西。"

"可那是我们的衣服啊。"菲丽斯又要说，贝贝赶紧打断——

"火车别出事就好，谁挥东西，挥什么，有那么重要吗？"

兴许是彼得没算好，11 点 29 分的列车，要多久才能从车站开到他们这儿，也没准是列车晚点了。总之，三个人好像等了很长的时间。

菲丽斯有点儿不耐烦了："我倒盼着那个表不准，火车早过去了呢！"

彼得当初摆出那么一副英雄姿态，要炫耀一下自己的两面红旗，这会儿那姿态也松懈了。贝贝也怀疑起来，觉得挺不好受。

贝贝觉得，他们好像在那儿站了好几个钟头，攥紧了那些傻里傻气的红色法兰绒旗子，谁也不会注意的旗子。火车不会在意的，只会呼啸而过，转过拐角，一头撞上那座可怕的土石山，车上的人一个也别想活命。贝贝两手冰冷，抖个不停，旗子都快拿不住了。这时候，只听远处传来了钢铁的隆隆轰鸣声，铁路尽头冒出了白色的蒸汽。

彼得说："站稳了，拼命摇旗子！等火车开到了那一大片金雀花的地方，就往后退，可是还得接着摇！贝贝！别站在铁轨上头！"

火车嘎嘎作响，飞快地靠近。

贝贝大叫："他们没看见咱们！看不见！没用啊！"

飞速驶来的火车，摇晃了铁道上松松垮垮的石头堆，震得两面小红旗也摇摆不停。有一面旗子慢慢歪下来，落在铁道上。贝贝往前一跳，把红旗高高举起，拼命摇晃。这时候，她两手一点儿也不打颤了。

火车来得好像还是那么快，已经很近了。

彼得厉声大叫："别站铁轨上，你个傻布谷鸟！"

贝贝又说了一遍："没用！"

彼得忽然喊道："往后退！"抓住菲丽斯胳膊，把她拽了回来。

贝贝却喊："还不行，还不行！"就站在铁轨上，挥舞着两面旗。火车头的正面，看着黑咕隆咚，庞大无比，怒号声震耳欲聋。

贝贝叫："停车啊！停车啊！停车啊！"谁也没听见，至少彼得和菲丽斯没听见，因为那飞速开来的火车，声音就像一座大山，把贝贝的喊声盖得没影儿了。事后，贝贝寻思过，火车头这个机器，是不是没听见她呢？又好像听见了，因为火车飞快地减速，再减速，最后终于停了下来，离铁轨上贝贝挥舞两面红旗的地方，仅剩不到二十码。贝贝看见了那巨大的黑色车头停住脚步，变得无声无息，可不知怎的，两只胳膊就是停不下来。司机和锅炉工下了车，彼得和菲丽斯迎上去，激动地告诉他们，拐角后面有座可怕的土石山。这时候，贝贝还在摇旗，可动作越来越虚弱，抖得越来越厉害。

众人往她那边看的时候，她已经横躺在铁轨上了，两只手往前伸着，还紧抓着那两面法兰绒小红旗的棍子。

司机把贝贝抱起来，抱上火车，放在头等车厢的垫子上。

司机说："她一下子就晕过去了，可怜的小姑娘。不晕才怪呢。你们说的那个山，我这就看看去，再把你们捎回车站，给她找个大夫。"

贝贝脸色苍白如纸，一点声音也没有，嘴唇发青，就那么张着，模样可怕极了。

菲丽斯小声说："我觉得，人死了就这样。"

彼得狠狠道："不许说话！"

众人坐到贝贝身边的蓝垫子上，火车往回走了。还没到站，贝贝就吐出一口气，睁开了眼，翻个身，哭了起来。彼得和菲丽斯一看，别提多高兴了。以前见过贝贝哭，可是不论他们还是别人，都从来没见过贝贝昏倒，也不知道贝贝昏倒了该怎么办。这当儿，看见贝贝只是哭，他们就跟以前一样，拍她后背，跟她说别哭了。没多久，贝贝果真不哭了，两人就笑话她，是个超级胆小鬼，都能吓晕。

到了车站，三个人马上成了英雄，被站台上一群人激动不已地围了起来。

众人猛夸三个孩子，赞美之词有："行动果断""头脑灵活""急中生智"。那些词儿，不管谁听了，都得回头看看。菲丽斯快活极了，以前从来没当过英雄，这感觉实在太棒了。彼得两个耳朵通红通红，但他也十分欢喜。只有贝贝希望，三姐弟都别这么高兴才好，她不想在这儿待着了。

站长说："我猜，铁路公司应该会给你们写信的。"

贝贝真是再也不想听见铁路公司了，就拽了一下彼得的上衣。

她说："哎呀，走吧，走吧！我想回家！"

三人回家了。临走的时候，站长、搬运工、保安、司机、锅炉工、还有全体乘客，都朝孩子们热烈欢呼。

菲丽斯说："听啊，是给咱们欢呼呢！"

彼得说："对！我说，我想到了要用红色的东西，得拼命冲着火车摇，现在我特高兴！"

菲丽斯说："多亏咱们真的穿上了红色的法兰绒衬裙啊！"

贝贝没说话。她满脑子还是那个可怕的土石山，还有那一列毫无防备，奔着土石山冲过去的火车。

彼得说："是咱们救了他们！"

菲丽斯说："要是他们都没了命，该多吓人哪！是不是，贝贝？"

贝贝说："到头来，咱们还是一个樱桃也没采着。"

彼得和菲丽斯觉得，贝贝真是没心没肺。

第七章

为了勇气

我跟您多说点诺贝塔的事儿，您不介意吧？真的，我开始超级喜欢她了。我越观察她，就越喜欢她。我还发现，她身上有不少品质，是我最爱的。

比如，她非常热心，总是想着怎么让别人高兴，这股热心劲儿可真怪呀。她还能保守秘密，这个优点，可不算太多见！她还有一种力量，有一种“沉默的同情心”，听着很没意思，实际上可“没那么没意思”。这意思就是，她能知道你不高兴了，然后对你格外关心，还不会烦你，一个劲儿告诉你，她为你有多难过。贝贝就是这样子。她知道妈妈很伤心，也知道妈妈并没有告诉自己是什么原因。于是她就更关心妈妈了，虽然妈妈伤心的原因，自己满肚子疑惑，却一点儿口风也没跟妈妈透露。这一招可要苦练，不是您想象的那么容易！

不管有什么事儿——不管周围出来什么样的好东西，那些让人愉快的日常事物——比如野餐啦，游戏啦，下午茶的圆面包啦，贝贝心底总是这些想法：“妈妈不开心。为什么？我不知道。她不想让我知道。我不会打听的。可是她确实不开心啊！为什么？我不知道。她不想——”就这么一直下去，重复了再重复，跟一支曲子不知道在哪儿停似的。

大家还是很惦记那个俄国先生。那些编辑、社团秘书、国会议员，全都尽量客客气气回复了妈妈的信，可是谁也不知道，斯班斯基先生的妻子跟孩子可能的下落。（这个很俄国的俄国人名字，我还没告诉过您吧？）

贝贝还有一个特点，不同的人跟您说起她这个特点，用的词儿可能也不一样。有人会说这是“多管闲事”，有人说这是“雪中送炭”[①]，还有人说“心慈面善”。总之，意思都是乐于助人吧！

贝贝绞尽脑汁，想帮俄国先生想出一个办法，找到他的妻子孩子。这时候，俄国人已经学了几个英语词儿了，会说“Good morning”（早上好）、“Good night”（晚安）、“Please”（请）、“Thank you”（谢谢）。孩子们给他送花儿来，还会说“Pretty”（漂亮）。问他睡得怎么样，还会说“Very good”（挺好的）。

贝贝觉得，他说那些英语单词时的笑脸实在是太温柔了。她以前特别喜欢想俄国先生的脸，觉得这张脸能让她想出主意来，好帮他。结果，那张脸并没有奏效，但是斯班斯基住在他们家里，还是让贝贝很高兴，因为她发现，有这个人在，妈妈就高兴了一些。

贝贝说：“妈妈喜欢有人在身边，对那个人好，哪怕是我们之外的人。而且我知道，妈妈不想让他穿爸爸的衣服。不过我觉得这是一种‘悲喜交集’的感觉吧，不然她也不会让他穿。”

那天，她跟彼得、菲丽斯挥舞着红色法兰绒的小旗，阻止了火车事故之后，有好多好多个晚上，她都会大叫着从梦中惊醒，浑身颤抖，又看见那座可怕的土石山，还有那可怜的、亲爱的、毫不知情的火车头，风驰电掣，向着土石山冲去——还以为只是在尽职

① 雪中送炭（helping lame dogs over stiles）：直译“帮瘸腿狗越过人字梯”。stile 指横跨篱笆或矮墙的人字梯，在英国农村很常见。

尽责，飞速向前，一切都很安全，没有一点障碍。然后，她想起自己、彼得、菲丽斯，还有两件红色法兰绒的衬裙，怎么在现实中救下了一火车的人，一阵幸福的暖流就漫过全身。

一天早上，来了一封信，收信人是彼得、贝贝、菲丽斯。三个人又激动，又好奇，赶紧拆了信。平时可不经常有人给他们写信。

信上说：

亲爱的先生、两位女士：

因本月X日，阁下不畏艰险，果断采取行动向火车示警，使一场根据判断必然发生的可怕事故得以避免，特筹备小型颁奖典礼，典礼定于本月30日下午3时在XX站举行。如时间地点均合适，则诚邀阁下出席。

您忠实的

雅比斯·英格伍德

大南北铁路公司秘书

三个孩子打从生下来，从来没有这么自豪过。三个人举着信跑到妈妈跟前，妈妈也觉得很自豪，也说她很自豪，于是孩子们的高兴劲儿又上了一层楼。

妈妈说："可是，要是颁的奖是钱，你们一定要说：'谢谢，不过我们还是不想要钱。'"她又加了一句："我这就给你们把那几件印度软棉布的衣服洗了，你们去这种地方，一定得干干净净的！"

贝贝说："菲尔和我会洗，妈妈，您把衣服熨了就行了。"

洗衣服可好玩了。不知您洗过衣服没有？这次特殊的洗衣，是在后边的厨房里，厨房铺着石头地板，窗户下边还有一个特大号的石头水槽。

菲丽斯说："咱们把浴盆放到水槽里头吧。妈妈在法国见过洗衣女，在外边洗衣服，这下咱们也能装成她们了。"

彼得双手插兜说："可是她们洗衣服，用的是冷冷的河水，又不是热水。"

菲丽斯说："那这就是一条热水河！帮我搭把手，搬浴盆，这才是亲呢！"

彼得说："我倒想看看，用手怎么亲别人。"② 但他还是帮了菲丽斯。

贝贝小心翼翼，把沉重的大水壶从厨房的炉火上提了下来。菲丽斯高兴地到处蹦，一边儿说："该又搓又擦，又搓又擦啰！"

"不行！"贝贝吓了一跳，赶紧说，"软棉布可不能擦！只能先把煮过的肥皂浸在热水里头，把软棉布给泡上，让它起好多好多泡泡，然后把软棉布抖几下，轻轻地挤，要很轻很轻，灰尘就都出来了。只有那些笨东西，桌布啊，床单啊，才得擦呢！"

窗外，丁香花、第戎玫瑰在微风中摇曳。

"今天真适合晒衣服——这是一样。"贝贝觉得自己长成大人了，"啊，我真想知道，等到咱们穿上了印第安软棉布的衣服，那该是多妙的感觉啊！"

菲丽斯说："我也想知道。"一边儿抖软棉布，然后又拧，动作专业得很。

"咱们现在把肥皂水挤出来。——不行！不能拧！然后漂一下。我举着棉布，你跟彼得把浴盆倒了，放上干净水。"

---

② 我倒想看看，用手怎么亲别人（I should like to see a deer lending a hand）：原文是彼得用谐音开的玩笑。菲丽斯说的 dear 意为"亲爱的"，因 dear 和 deer（鹿）谐音，彼得调侃她，直译为"我倒想看看一头鹿用手帮别人"。中文作相应处理，让彼得故意把表示名词的"亲"说成表示动词的"亲"，达到幽默的效果。

彼得说："颁奖仪式！肯定就有'奖'呗。"这时候，菲丽斯和贝贝认认真真把衣服夹子洗了，把晾衣绳抹了一遍，把衣服挂起来晾着，"该是什么奖呢？"

菲丽斯说："什么都有可能。我一直想要个'小象宝宝'——可他们兴许不知道吧。"

贝贝说："会不会是金子做的蒸汽火车头模型？"

彼得说："还没准儿是一个大模型，做的就是那场没出的事故。有个小玩具火车，还有几个娃娃，穿得跟咱们一样，还有司机、锅炉工、乘客。"

洗衣房门后的滚轴上边，挂着一条粗糙的毛巾。贝贝就拿毛巾，擦干了手，犹犹豫豫地说："你们真愿意——真愿意他们因为救了火车，给咱们发奖吗？"

彼得斩钉截铁："我肯定愿意！你也别跟我们说你不愿意，我知道你愿意。"

贝贝还是犹豫："是啊，我知道我愿意。可是咱们做了这事儿，不就应该挺满意了嘛，为啥还想要别的东西呢？"

弟弟说："你傻呀，谁要别的东西啦？当兵的有维多利亚十字勋章[③]，他们可没要那个勋章；可是别人给了勋章，他们也是一样高兴。可能这次他们给咱们的也是勋章吧。等到我七老八十了，就把勋章给孙子孙女看，告诉他们：'我们只是做了该做的事！'他们就该为我骄傲死了。"

菲丽斯警告他："你得结婚才行，不然哪儿来的孙子孙女？"

彼得说："我猜，我有一天非结婚不可。可是，老是有那么个女的在旁边待着，该多烦人啊！我想娶个睡美人，一年就醒一两回才好呢。"

---

③ 维多利亚十字勋章：英联邦国家军队的最高荣誉勋章，1856 年开始颁发。

贝贝说："醒过来，说一句'你是我的生命之光'，就又睡着了。是啊，这主意蛮不错。"

菲丽斯说："等我结婚了，我就让我丈夫恨不得让我永远不睡觉，这样就能听见他说，我是多好一个人了！"

贝贝说："我觉得这样挺好的：嫁一个特别穷的人，所有的活儿都自己干，这样他就能爱你爱得要死，每天晚上他下班回家，都能看见壁炉里头，木柴烧的青烟，打着旋儿，在树枝子中间往上冒。我说——咱们得写回信了，说时间地点一定合适。彼得，肥皂在那儿呢。咱们俩都能要多干净有多干净啦！菲尔，你把那个生日礼物拿来，就是那个粉盒子，里头装信纸的！"

孩子们想词儿又想了一阵子。妈妈已经又去忙着写东西了。粉红色的信纸，带着圆齿形的金边，角上还印着绿色的四叶酢浆草。这样的信纸，三个人浪费了好几张，才决定怎么写。然后，一人抄了一张，签上了自己的名字。

这封有三张纸的信，是这么写的：

亲爱的雅比斯·英格伍德先生，太谢谢您了。我们不想要奖励，只想救那个火车，不过您能这么想，我们特别高兴，太谢谢您了。您说的时间地点，对我们挺合适的。太谢谢您了。

您敢（感）动的小朋友，

下面是名字，接着是：

又及：太谢谢您了。

"洗衣服比熨衣服容易多了。"贝贝把晾干的衣服从绳子上拿了下来，衣服已经干干净净了，"我特别喜欢看东西变干净。啊，我还不知道，等到他们颁奖这段时间，咱们该怎么等哩！"

然后，好像过了一段老长老长的时间，终于到了这一天，三个孩子准时到了车站。一切都怪异得好像一场梦。站长出来迎接——彼得一眼就看出来，站长穿了最好的衣服——领着他们进了候车大厅，当初他们就是在这儿玩猜广告游戏的。大厅整个儿变了个样子！地上铺了地毯，壁炉台跟窗台上，都摆满了玫瑰花盆。广告框上边，竖起了青青的枝条，有冬青，有月桂，就像圣诞节的时候一样。搬运工、车站的全体职员，都在大厅里头等着，还有好多好多别的人，两三位女士穿着时装，还有一大群绅士，戴着大礼帽，穿着大礼服。孩子们认出好几个人，都是"红色法兰绒衬裙"那一天，火车上的乘客。最棒的是，孩子们熟悉的那位老先生也在，老先生的大衣、礼帽、领子，这时候尤其显得与众不同。老先生跟孩子们握了手，大家就都在椅子上坐下，一位戴眼镜的先生开始演讲，讲了好半天。后来，孩子们才知道，他就是本地的教区监督。这演讲我就不写了。第一，您肯定会觉得这演讲很没意思；第二，这演讲让孩子们小脸儿涨得通红，耳朵周围热得发烫，我还是尽快不说这个话题为好；第三，这位先生花了那么多词儿，去讲他必须讲的话，我实在没时间把这些词儿都写下来。他夸孩子们怎样勇敢无畏，怎样遇事不慌，各种赞美都说了，等全都说完了，才坐下来，众人热烈鼓掌，大声说："听啊！听啊！"

然后，老先生也站起来讲话，很像要发奖的样子。他挨个儿叫了孩子们的名字，送了他们一人一块漂亮的金表，还带着表链。金表的壳子里面，刻着金表新主人的名字，名字后面还有：

1905 年 × 月 × 日 [④]，阁下以勇气与果断行动，避免了一场事故，南北铁路公司董事会特此致谢。

---

④ X月X日：原文故意省略了日期。英语的月份搭配的介词是 at，而日期搭配的介词是 on，所以根据原文的介词 on，得知这是一个具体的日期，而不是只有月份。

三块怀表是要多漂亮就有多漂亮，每一块还备了一个青色的皮套子，怀表放在家里的时候，就可以装在套子里。

“该你讲话了！你谢谢大家的好意！”站长跟彼得咬耳朵，把他往前推了一把，又加了一句，“先说‘女士们先生们！’”

之前，三个孩子已经分别说过了“谢谢大家”，礼仪非常得体。

彼得说：“哎哟！”不过，站长推他，他也没往后顶。

“女士们，先生们。”彼得声音很是沙哑，接着停了一下，听见自己的心脏就在喉咙口怦怦直跳，“大家实在是好得不得了，给我们的金表，我们一辈子都会好好珍惜——可是，真的，我们配不上这个表，因为我们实在是没做什么事儿，真的。至少么，我是说，我实在是激动坏了，我想说的是——特别特别感谢大家。”

众人给他的掌声，比给教区监督的掌声还要热烈。然后，大家都跟三个孩子握手，孩子们好不容易找了个合适的时机溜走了，手里攥着怀表跑上山去，回到了“三烟囱”的家。

这一天可真神奇呀——不管是谁，也很少会遇上这样的日子。咱们大多数人，压根儿不会遇上呢。

贝贝说：“我那会儿真想跟老先生说点儿别的，可是当时人太多了，就跟在教堂里一样。”

菲丽斯问：“你想说啥？”

贝贝说：“我再想想，再跟你说。”

贝贝又想了想，就写了一封信。

信上说：“最亲爱的老先生：我怀着最尊敬的心，向您请求一件事。只要您从车上下来，再坐下一班车走，就行了。您什么东西也不用给我，妈妈说我们不应该跟您要东西的。还有，我们什么东西也不要，只是想跟您说说，一个囚犯跟俘虏的事。爱您的小朋友贝贝。”

她请站长把信转交给老先生，第二天，又请彼得跟菲丽斯跟她一块儿下山来到车站，正好在老先生坐的车经过车站的时候。

贝贝跟两人说了自己的想法，两人举双手赞成。

三个人都洗了手，洗了脸，梳了头，弄得尽可能干干净净，整整齐齐。可是菲丽斯总是倒霉，她把一壶柠檬汁打翻了，泼了自己一身。没时间换衣服了，风还正好从煤场那个方向刮过来，没多久，她的连衣裙就让煤面儿染成了灰黑色，煤粉粘在黏糊糊的柠檬汁痕迹上，那模样，用彼得的话说，“活像个地沟里的小孩儿”。

孩子们决定，菲丽斯尽量躲在彼得和贝贝后边。

贝贝说：“兴许老先生不会注意呢。上了年纪的人，不少眼神都挺弱的。”

老先生终于从车上走下来，上下打量站台。不过，他无论是眼里，还是别的地方，都没有一点儿“弱”的迹象。

如今，终于见了这位老先生，三个孩子忽然感觉到一阵深深的难为情，那种感觉让你的耳朵又红又热，双手又潮又暖，鼻尖又粉又亮。

菲丽斯说：“啊，我的心，跳得就跟蒸汽火车头一样——还就在腰带下边跳！”

彼得说：“瞎扯，人的心可不长在腰带下边。”

菲丽斯说：“我不管，我的心就长那儿！”

彼得说：“你要是想学诗集里头那么说话，我的心还在我嘴里头呢。”

诺贝塔说：“要是你那么说，那我的心在我靴子里边。行啦别说了！他该以为咱们是白痴了！”

彼得闷闷地说：“他也错不了哪儿去。”三个孩子就走上前去，迎接老先生。

“哈罗。”老先生跟他们挨个儿握手，“我实在是非常高兴啊。”

贝贝一头的汗，恭恭敬敬地说：“您能下车来见我们，真是太好了！”

老先生挽住贝贝，领着她进了候车大厅，就是孩子们发现俄国人的那天，玩“猜广告”的地方。菲丽斯和彼得跟在后面。“唔？”老先生还没放开贝贝的手臂，先是轻轻摇了她一下，“唔，有什么事吗？”

贝贝说：“啊，求您了！”

老先生说：“怎么了？”

贝贝说：“我是想说……”

“嗯？”

“都是特别好的，特别善良的事。”

他说：“不过？”

贝贝说：“要是我能说就好了。”

他说：“说吧。”

贝贝说：“好，那我说啦！”她就竹筒倒豆子，把那个俄国人是如何写出那本讲穷人的好书，如何被送进大牢，又如何因为写书让人送到西伯利亚，一口气全都说了出来。

贝贝说：“我们在天底下最想做的事儿，就是帮他找到妻子跟孩子。可是我们不知道怎么找。不过，您一定聪明得不得了，不然您也当不了铁路懂事儿（董事）。您要是真知道——您会知道吗？那就是我们在天底下最想要的。就算我们不要金表也行！只要您能把金表卖了，用卖表的钱，找到他的妻子！”

彼得和菲丽斯也是这么说的，只是不像贝贝那么激动。

老先生穿了一件白色的西装背心，钉着镀金的大纽扣，这会儿，他把背心脱了：“唔，你说他叫什么——死板司机？”

贝贝赶紧说："不是不是！我给您写下来吧。看着可不是那样，只有念出来才是那样。您有铅笔跟信封么？我在信封背面写。"

老先生拿出一个黄金的铅笔盒，还有一个漂亮的俄国皮面笔记本，散发着芳香。他把笔记本翻到了空白的一页。

"行，就在这儿写吧。"

贝贝写下了"斯班斯基"，又说：

"写是这么写的。是'斯班'，不是'死板'。"

老先生掏出一副金边眼镜，架到鼻梁上。他念了名字，神色忽然变了。

他说："是他？哎呀，我看过他的书！那本书翻译成了所有的欧洲语言！是一本好书——一本了不起的书！原来你妈妈收留了他，就跟好心的撒玛利亚人[⑤]一样！哎，哎。孩子们，我跟你们说——你妈妈一定是个非常非常好的人。"

菲丽斯吃惊地说："当然啦。"

贝贝说："您也是个非常好的人！"她羞涩得要死，但还是下定决心，很有礼貌地说了。

老先生摘下礼帽，用力一挥："你真是过奖了。我是不是该说一下我对你的看法呢？"

贝贝连忙说："啊，请您别说了。"

老先生问："为什么？"

贝贝说："我也不太清楚，只是——要是那个看法挺吓人的，我就不想让您说；要是那个看法特别好，我宁愿您没说。"

老先生哈哈大笑。

他说："啊，好吧！那我就只说一句，你们为这件事来找我，

⑤ 撒玛利亚人：基督教文化指在别人遇到困难时自愿提供帮助的好心人、见义勇为者。

我非常高兴——真的非常高兴。我相信，应该很快就能发现点什么了。我在伦敦认识不少俄国人，只要是俄国人，都知道他的名字。现在，跟我讲讲你们自己吧！”

他转向了别人，其实只有一个别人，就是彼得。菲丽斯没影儿了。

老先生又说：“跟我讲讲你自己吧。”彼得很自然地，一句话也说不出来了。

老先生说：“那好，咱们考个试吧！你们俩坐桌子上，我坐长凳子，问你们几个问题。”

老先生坐下，孩子们就说了自己的名字、年龄——爸爸的名字、职业——在三烟囱住了多久，还有好多好多别的东西。

问题问到了“三枚半便士硬币，买一条半鲱鱼”、“一磅铅跟一磅羽毛”的时候，候车大厅的门，让人穿着靴子一脚踹开了。那靴子进来的时候，大家都看见靴子上没系鞋带——来者不是旁人，正是菲丽斯，走得特别慢，特别小心。

菲丽斯一只手抱着一个大号锡壶，另一只手拿着一片厚厚的面包，涂着黄油。

她骄傲地大声宣布：“下午茶！”把锡壶、面包黄油递给了老先生。老先生接过来，说了一声：

“我的老天爷！”

菲丽斯说：“对。”

老先生说：“你真体贴人！了不起啊！”

菲丽斯红着脸说：“珀科斯喝茶，一直用这个壶。我觉得，他只是肯借我这个壶，就特别好了——就别提杯子碟子了。”

老先生说：“我也这么觉得。”喝了点儿茶，又尝了尝黄油面包。

然后，下一班火车来了。老先生上了车，说了好多“再见”，还有送别的话，亲切极了。

火车的尾灯转过拐角消失了，站台上只剩下三个孩子。彼得说：“哎！我相信，今天咱们点着了一根蜡烛，你知道，就跟拉提美尔⑥一样，他不是给烧死了嘛。还有，过不了多久，就该给咱们的俄国先生放礼花庆祝了！”

果不其然。

自从候车大厅的考试过后，还没过十天，三个孩子坐在屋子下面田野中最大的一块石头上，看着下午5点15分的火车冒着蒸汽，沿着谷底，开出了车站。还看见下来几个乘客，零零散散走上了通往村子的路——还看见有一个人，走到路边，打开了一扇门，那扇门背后，穿过田野，就是三烟囱，别的什么地方都不通。

彼得说：“这人到底谁呀！”赶紧磕磕绊绊往下爬。

菲丽斯说：“咱们看看去！”

孩子们就去了。等离近了，看清楚了，才发现那不是别人，正是老先生，黄铜扣子闪着午后的阳光，白色的西装背心，衬着绿色的草地，显得更白了。

“哈罗！”孩子们挥着手叫。

“哈罗！”老先生挥着帽子叫。

三个人跑了起来——等跑到老先生跟前，已经快喘不上气了，好不容易才说出来：

“您好么？”

老先生说：“好消息！你们俄国朋友的妻子跟孩子，已经找到了——我就赶紧来亲自告诉他，我实在忍不住这种美妙的诱惑啊！”

可是老先生一看贝贝的脸，就觉得自己忍得住诱惑了。

---

⑥ 休·拉提美尔（Hugh Latimer，约1487～1555）：英国新教主教。信奉天主教的英国女王玛丽一世在位时，拉提美尔因拒绝改信天主教而被女王烧死。临刑前他对难友说：“凭上帝的恩典，我们今天在英格兰将点燃这样一支蜡烛，我确信它永远不会熄灭。”

他就跟贝贝说："好，你赶紧告诉他。另外两个孩子会给我带路的。"

贝贝撒腿就跑。等到她在安静的花园里，在俄国人跟妈妈面前，上气不接下气地把消息吐出来的时候——等到妈妈满面春风，跟那个流放者飞快说了几个法语词的时候——贝贝倒后悔了，觉得没捎信儿才好呢。俄国人一跃而起，大叫一声，那叫声让贝贝的心狂跳了一下，又颤抖不停。叫声里面，那种渴望和爱的分量，贝贝从来没听见过。然后他握住妈妈的手，极温柔、极尊敬地吻了一下，接着颓然倒在椅子上，双手捂住脸，哽咽起来。贝贝悄悄溜走了。她那时候还不想看见别人。

不过，等到那没完没了的法语谈话终于完了，等到彼得下山到村子去买圆面包和蛋糕，等到姑娘们预备好了茶水拿到花园里，贝贝也就跟大家伙儿一样高兴了。

老先生是最兴高采烈的一个。他也会说英法两种语言，而且几乎可以同时说；妈妈也差不多。这段时光好快乐呀！对老先生，妈妈好像压根儿关心不够；老先生问妈妈，他能不能给三个小朋友送点儿"薄礼"？妈妈立马就说："好！"

孩子们没听说过这个词儿，不过他们猜了猜，应该是糖的意思，因为老先生从包里拿出了三个红绿相间，系着绿丝带的大盒子，里边码着漂漂亮亮的巧克力，码了不知多少层哩，孩子们甚至想象不到居然还能有这么多层。俄国人只有不多的几件行李，都拾掇好了，大家把他送到车站，送他上了火车。

接着，妈妈转向老先生，说道："您这么费心，我真不知道怎么感谢您才好。能见到您，我非常高兴。不过，我们过的是特别安静的日子，不能请您再来看我们，实在是太抱歉了。"

孩子们特别认真地想了想。已经交上了一个朋友——而且是这样的朋友——当然非常愿意他能再来看他们啦。

至于老先生怎么想的，孩子们可不知道。老先生只是说："夫人，我能够承蒙您接待一次，就已经觉得非常幸运了。"

妈妈说："啊，我知道，这么说一定显得自己很失礼，也不知道感恩，可是——"

"您永远只会显得魅力十足，优雅可亲，不会有别的样子。"老先生说着，又鞠了一躬。

一家人转身往山上走，贝贝看见了妈妈的脸。

她说："妈，你看着多累呀，靠着我吧。"

彼得说："我才应该把手给妈妈，爸爸不在，我就是家里的男子汉了。"

妈妈抓住一人一只胳膊。

菲丽斯快活得一跳一跳："想到亲爱的俄国先生，跟妻子分开那么久，又能拥抱她了，实在是把人高兴死了！那孩子，自从他上回瞧见，一定也长大了不少呢！"

妈妈说："是啊。"

"不知道爸爸会不会觉得，我也已经长大了？"菲丽斯跳得更欢了，"我已经长大了，妈妈，是不是？"

妈妈说："对啊，对啊。"贝贝和彼得感觉到，妈妈把他们胳膊攥得更紧了。

彼得说："可怜的老妈，您真是太累了。"

贝贝说："彼得来吧！我跟你比赛，看谁先跑到大门那边！"

贝贝就跑了起来，其实她很讨厌这么跑。您一定知道她为什么要跑。妈妈只想着，贝贝是不想慢慢走了吧？就算是妈妈，爱你爱到别人永远也比不上的妈妈，也会有不明白的时候。

第八章

业余消防队

搬运工珀科斯说："小姐，你这个小别针可真漂亮。在不是金凤花的东西里头，我还没见过这么像金凤花的东西咧。"

"是啊。"贝贝听见珀科斯这么夸自己，又高兴又脸红，"我一直觉得，这别针比真的金凤花还像金凤花，可从来没想过，这东西能变成我的，变成我自己的——结果，我过生日，妈妈就送了我这个！"

"啊？你过生日啦？"珀科斯很吃惊的样子，好像生日是个稀罕东西，只有不多几个特别走运的人才能有。

贝贝说："是啊。珀科斯先生，您生日是哪一天呢？"这时候，孩子们正坐在搬运工的屋子里，跟珀科斯先生喝茶，周围都是提灯，铁道年鉴什么的。孩子们把自己的杯子拿来了，还有几块果酱酥饼。珀科斯先生跟往常一样，拿啤酒罐子泡了茶，大家都觉得快活极了，亲密得好像一家人。

"我的生日？"珀科斯用啤酒罐子，又给彼得倒了点儿茶，茶水是暗褐色的，"早在你们生下来以前，我就不惦记自个儿的生日了。"

菲丽斯想了想说："可是，您肯定是在哪一天生下来的呀，哪怕二十年以前——要么三十年，要么六十年，要么七十年。"

珀科斯乐了："小姐，可没那么长时间。你要是实在想知道，那就是三十二年以前，这个月十五号。"

菲丽斯问："那您为啥不惦记生日呢？"

珀科斯简练地回答："要惦记的，不光有生日，还有别的。"

菲丽斯问："啊！什么您要惦记着？不是秘密？"

珀科斯说："不是，是小孩跟媳妇。"

就是这么一番谈话，让孩子们陷入了思索，很快又因为这事儿谈了谈。总体来说，孩子们交的最好的朋友，就是珀科斯了。他不像站长那么有气派，却比他和蔼；不像老先生那么有权，却比他亲切。

贝贝说："要是谁都不惦记自己的生日，好像就挺吓人的。咱们不能做点什么事儿么？"

彼得说："咱们上运河大桥，好好商量商量吧。今天早上，我从邮差那儿搞来一条新的钓鱼线。邮差的女朋友病了，我送他一束玫瑰花，他就拿钓鱼线换了花儿。"

贝贝生气了："要那样，你真是还不如把花儿白送给他呢！"

彼得很是不以为然，两手插兜："哎哟喂！"

菲丽斯赶紧说："他是白送的！我们一听说她病了，就早早把玫瑰花准备好了，在大门那儿等着。那会儿你正做面包呢，早饭要吃的面包。后来他拿了玫瑰花，一个劲儿说'谢谢'，根本用不着说那么多。然后，他就把钓鱼线掏出来，送给彼得了。这不是换东西，是他感激咱们，送给咱们的心意！"

贝贝说："啊，彼得，请你原谅！我真不好意思！"

彼得威严地说："不用提了，我知道你会不好意思的。"

孩子们就都来到了运河大桥上。彼得想从桥上钓鱼，可是钓鱼线有点不够长。

贝贝说："没事儿，咱们就待这儿，看看风景吧！这儿景色多漂亮！"

的确。正是日落时分，夕阳似火，把一座座紫色灰色的小山，全都涂抹上一层金红。运河卧在影子当中，宁静的水面金光闪闪，没有一点儿涟漪，宛如一条灰色缎带，两岸是牧场的暗绿丝绸，把缎带夹在中间。

彼得说："挺不错，不过，不知怎么回事，我只要有事儿做，就会觉得，原本漂亮的东西，还要漂亮得多。咱们下去，上纤道上钓鱼去吧。"

菲丽斯和贝贝想起来，运河船上那些男孩儿，是怎么朝他们扔煤块儿的。俩人就说了。

彼得说："哎呀，别瞎说了。这会儿，哪儿有男孩儿！要是有，我就跟他们打！"

彼得的姐姐妹妹心眼儿很好，没有提醒他，其实他上次让人扔煤块儿的时候，可没有跟那些男孩儿打。两人只是说："那好吧！"就小心翼翼爬下陡峭的河岸，到了纤道上。孩子们认认真真给鱼线装上鱼饵，耐心钓了半个小时的鱼，一点儿成果也没有，鱼儿咬都不咬一下，他们的希望也就得不到滋养。

六只眼睛全都盯着那缓缓流淌的河水，河水拼命装出一副"里头一条小鱼也没有"的神情。就在这时，一声大吼把他们吓了一跳。

"哎！"那语调让人讨厌至极，"不许在那儿待着！听见没有？"

有一匹拉纤的白色老马，沿着纤道一路走了过来，离他们只有五六码远了。三个孩子一跃而起，着急忙慌爬上了岸。

贝贝说："等他们过去，咱们再下去。"

不过，呜呼哀哉！那艘老马拉的驳船，跟一般的驳船一样，在桥底下停住了。

彼得说："船要抛锚了！算咱们运气！"

驳船没有抛锚，因为运河上的船，压根没有"锚"这个部件，而是用绳子前前后后系住的。绳子紧紧拴在木栅栏上，还拴在插进土里的铁撬棍上。

船夫气哼哼地说："你们看什么呢？"

贝贝说："我们没看，我们不会那么没礼貌。"

男人说："没礼貌个鬼！你们快走！"

彼得说："还是你快走吧！"他想起来，自己说过要跟那帮男孩子打，而且从纤道往河岸的上坡，他也走上去一半了，觉得挺安全，"这儿我们有权待着，别人也都有权待着。"

男人说："啊，你有权是吧！咱们这就瞧瞧！"他穿过甲板，开始从驳船这一边往下爬。

贝贝和菲丽斯吓坏了，同声喊道："啊，彼得！快跑啊！"

彼得说："我不跑，还是你们跑吧！"

姑娘们爬到了河岸顶上，站着，准备一见彼得脱险，就马上朝家跑。往家走的路，一路都是下坡。他们知道，自己跑得都挺快的，船夫这人看着可不像跑得快。他长了一张大红脸，身体结实，肌肉发达。

可是，船夫一只脚刚踏上纤道，孩子们就发现，实在是低估了这个汉子。

他只一窜就窜上了岸，抓住彼得一条腿，把他拽了下来，一只手一晃，又让他站好了，揪住他一边耳朵，厉声道："好，你现在说说，你什么意思？你不知道，这一片河水是不让人进来的？压根儿不允许在这儿抓鱼，更不用说你这金贵小脸蛋儿了！"

后来，彼得回忆起来，一直都很骄傲，因为船夫愤怒的手指拧紧了他的耳朵，船夫通红的脸贴近了他的脸，船夫呼出的热气吹在他脖子上，就在这个时候，他竟然还有胆量说实话。

彼得说：“我没抓鱼！”

“这要不是你的错，我就……！”男人拧了彼得耳朵一下，拧得不狠，但还是拧了一下。

彼得没法说这是他的错。贝贝和菲丽斯一直抓着上边的栏杆，急得直跳脚。这时，贝贝忽然从栏杆中间滑了过去，冲下河岸，直奔着彼得过去。她动作那么急躁，菲丽斯都敢肯定，姐姐这一下去，非掉到运河里头不可。菲丽斯也跟在后边，只是动作没有那么猛。船夫要不是松开彼得耳朵，一只套着紧身套衫的胳膊抓住了贝贝，她还真就掉进河里去了。

船夫把贝贝扶正了，说：“你要搡谁呢？”

“啊！”贝贝上气不接下气，“我谁也没搡。起码不是故意的。您千万别生彼得的气。当然啦，这河是归您的。我们非常抱歉，以后再也不会这么干了。可我们那时候不知道这条河是您的呀！”

船夫说：“你们快走吧！”

贝贝连忙说：“啊，我们走，我们一定走。可是，真心要请您原谅——我们也真是一条鱼都没抓着。要是抓着了，就直接告诉您，我凭良心说，一定会告诉您的。”

贝贝伸出双手，菲丽斯也把一个空空的小口袋翻出来，表示自己确实没有藏起哪怕一条鱼。

“好吧，”船夫口气缓和了，“快走，以后再也别干这事了，就这。”

三个孩子赶紧上了河岸。

男人喊道："玛利亚！给我扔个外套过来！"就有个红头发女人从船舱门走了出来，穿一条绿色的格子呢披肩[①]，臂弯里抱着个娃娃，扔了一件外套给船夫。船夫穿上外套，爬上河岸，懒懒散散地穿过大桥，往村子走去。

船夫在桥上招呼那女人："你哄孩子睡了，来'玫瑰皇冠'，就能找着我！"

等到看不见他了，三个孩子也慢慢儿往回走。彼得坚持说：

"这条运河，兴许是他的，我可不信是他的。可是这桥，可是大家伙儿的。佛罗斯特大夫跟我说过，这是公共财产。我可不想让他从桥上扔下去，也不想让别人给扔下去，所以就这么跟你说。"

彼得的耳朵还是酸痛酸痛的，心也酸痛酸痛的。

两姑娘跟着他，就像勇猛的兵士跟着敢死队的队长一般。

她俩只说了一句："希望你不会真叫人给扔下去。"

彼得说："你们要是害怕，就回家去！让我一个人待着，我可不怕。"

船夫的脚步声，在僻静的小路上消失了。无论是蒲苇莺的音符，还是船家女给孩子唱的摇篮曲，都没有打破这个晚上的安宁。船家女唱的歌很悲伤，歌词说的是一个叫比尔·巴莱[②]的人，说她多么想让比尔回家。

---

① 格子呢披肩：苏格兰人的常见服饰。这里暗示船夫一家可能是苏格兰人。苏格兰也有自己的语言，即苏格兰盖尔语，同英语差别很大，相互听不懂。下文会出现这样的情节。

② 比尔·巴莱（Bill Bailey）：1902年，美国音乐家休伊·卡农（Hughie Cannon，1877—1912）创作了一首流行歌曲《比尔·巴莱回家吧》（*Won't You Come Home Bill Bailey*），歌曲中的主角就叫这个名字。

孩子们站着，胳膊支在桥边的矮墙上。三颗心跳得比平日快了不少，这时候总算能安静几分钟，挺高兴。

彼得闷声闷气地说："我才不会让个老船夫赶走呢，才不会！"

菲丽斯安慰他说："当然不会啦。你刚才就没有示弱。那现在咱们该回家了吧，你说是不？"

彼得说："不。"

谁也不说话了，直到那船家女下了驳船，爬上河岸，穿过了大桥。

船家女看着三个孩子的后背，犹豫了一下，终于说："咳！"

彼得没动，姑娘们却回过头来。

船家女说："你们千万别怪我家比尔。他叫得凶，可不会真咬人。有些'法利路'那边的娃，可实在吓人。他们在马洛桥底下喊什么——谁吃了小狗馅饼了？就把他给惹火了。"

菲丽斯问："谁吃了？"

船家女说："我可不知道。谁也不知道！可不知咋的，我不知道那些话，怎么惹着他了，哪儿惹着他了，可那些话，让开驳船的听了，就跟喝了毒药似的。你们可千万别往心里去啊！他整整两个钟头回不来。趁他还没回来，你们可以多抓点儿鱼。这儿灯光什么的都不错。"

贝贝说："谢谢，您真好。您的孩子呢？"

船家女说："舱里头呢，睡着啦。他没事儿。十二点以前从来不醒。跟教堂那钟一般准。"

贝贝说："真不好意思，我本来想看看他的，离近了看看。"

"我自个儿这么说吧，有点怪，可是小姐啊，这么俊的孩子，你肯定从来没见过。"船家女说着，脸色变好看了。

彼得说："您不跟他在一块儿，不怕么？"

船家女说："不怕！他那么个小东西，谁会把他怎么样？再说还有斑点儿（狗的名字）呢。回见吧！"

船家女走了。

菲丽斯说："咱们回家吗？"

彼得只说了一句："你回吧，我抓鱼去。"

菲丽斯说："咱们上这儿来不是商量珀科斯生日的吗？"

"珀科斯生日又丢不了。"

三个人又下到纤道上，彼得又钓起鱼来，还是一条也没钓上来。

天要黑透了，姑娘们也累了。用贝贝的话说，睡觉时间都过了。这时候，菲丽斯忽然大叫一声："那是什么东西？"

她指向了驳船。船舱的烟囱平时一直在冒烟，柔软的烟柱盘旋着，消散在晚风之中——可是如今，还有别的烟圈也在往上冒，这些烟圈，是从船舱的舱门冒出来的。

彼得冷冷地说："这船着火了呗，不就这个么。他活该。"

菲丽斯喊道："啊，你怎么能这样？你想想那条可怜的狗狗！"

"那孩子！"贝贝大叫一声。

一瞬间，三个孩子就往驳船冲过去了。

驳船的缆绳松松垮垮，风儿似乎弱得感觉不到，又强得足够把船尾往岸上撞。贝贝一马当先，彼得紧随其后，却脚下一滑摔倒了。运河水淹到了脖子，脚也够不到河底，但胳膊却扒住了驳船的船帮。菲丽斯揪住彼得头发，揪得生疼，但好歹帮他从水里爬了出来，紧接着跳到了船上，后面跟着菲丽斯。

"你不行！"彼得冲贝贝喊，"我浑身是水，我上！"

彼得在舱门撵上了贝贝，狠命一推，把她搡到一边。这要是平时打着玩，推得这么狠，肯定让贝贝又疼又气，眼泪汪汪。这会儿，虽说彼得把贝贝推到了底舱边上，贝贝一边膝盖，一边胳膊肘都挨了磕碰，擦伤了，她却只叫了一声：

“不——你不行——我来！”挣扎着又站了起来，可还是慢了一拍。

彼得已经走下船舱里的两级台阶，跨进了一片浓烟当中。他收住脚，把自己以前听过的火灾知识全都想了一遍，从前胸口袋里掏出那块湿透的手绢，系到嘴上。一边掏一边说：

“没事儿！压根没什么火！”

这句话，尽管彼得觉得是谎话，却说得非常好。这话是不想让贝贝跟着他冲进险境——当然没有见效。

船舱里满是红光。一片橘红色的雾中，一盏煤油灯静静地燃着。

“哎！”彼得把手绢从嘴上抬起来一下，“哎，娃娃——你在哪儿？”就让烟呛得没法说话了。

贝贝紧跟着彼得，大喊：“啊，让我过去！”彼得又狠命一推，把她推到后边，用的劲儿比刚才还大，接着又往前走。

这会儿，那小娃娃要是不哭，我就不知道究竟会怎么样了，可就在这时候，娃娃确实哭了。彼得在黑烟当中一路摸过去，发现了一个东西，小小的，软软的，还有温度，是个活物。彼得把那东西抱起来，又退了出去，差点儿让身后的贝贝给绊了一跤。有条狗朝着他的腿咬了下去——想要叫，却也呛得发不出声音来。

彼得说：“我找着孩子了！”他把手绢扯下来，踉踉跄跄走到了甲板上。

贝贝摸到了狗叫声响起的地方，两只手摸到了一只狗的脊背。

这条狗的毛很光滑，后背上肉很多。狗转过身来，牙咬住了她的手，但咬得很轻，就好像在说：

“要是有生人进了主人船舱，我就一定会叫，会过去咬他。可是我知道你是好意，所以就不真咬了。”

贝贝把狗放下。

“好啦，老伙计，好狗狗！”贝贝说，“那个，彼得，把孩子给我。你浑身湿透了，该让孩子感冒了！”

那个小包袱在彼得怀里又扭又哭，彼得给了贝贝，别提多高兴了。

贝贝飞快地说：“现在，你赶紧上‘玫瑰皇冠’去叫人！菲尔跟我在这儿守着孩子。别哭了，亲爱的，小金子，小亲亲！彼得你快走！快跑！”

“我穿着这些个东西没法跑！”彼得口气很坚决，“跟铅似的那么沉呢！我还是走吧。”

贝贝说：“那我就跑吧！菲尔，你上河岸上来，我把孩子给你！”

贝贝小心翼翼把孩子给了菲丽斯。菲丽斯坐在河岸上，拼命哄孩子。彼得尽量挤干了袖子，挤干了灯笼裤的裤腿儿。贝贝像风一样跑过大桥，沿着昏暗的白色道路，奔向“玫瑰皇冠”。

“玫瑰皇冠”是一间老式的漂亮屋子，有些船夫和妻子们坐在屋子里，喝着啤酒，就着奶酪。旁边是个壁炉，一篮子煤块儿突出到房间里来，顶上是一个带篷的大烟囱，我自己都从来没见过这么暖和、这么漂亮、这么让人舒服的壁炉呢。

炉火旁边坐着一群船夫，其乐融融。您可能不会觉得他们其乐融融，但他们确实这样，因为彼此都是朋友，都是熟人，喜欢的东西一样，说的话也一样。这就是人们和谐相处的秘密。孩子们觉得船夫比尔那么讨厌，可他的工友却很喜欢他。他正在讲一个故事，说的是他自己办的错事儿——这话题总是引人入胜的。这会儿，他说的是自己那条驳船。

“……他就捎话来，说把她从里到外漆一遍，没说什么色儿，您知道不？我就弄了一堆绿漆，从船头漆到船尾，跟您说，她看着绝对一等一的好。然后他就来了，来了说：‘你怎么漆成一种色儿了？’我就说：‘我那会儿觉得这么漆最好看啊！’我说，‘我现在也这么觉得。’他就说：‘你觉得是吗？那见鬼的漆，你就自个儿掏钱吧！’我也就自个儿掏了。”众人窃窃私语，表示同情。贝贝风风火火闯了进来，弄得声音特别大。她把房门砰一下子撞开，上气不接下气大喊：

“比尔！拉船的比尔在哪儿呢？”

众人大吃一惊，谁也不说话了。好几个啤酒罐子停在半空，还没等送到焦渴的嘴边，就在路上僵住了。

“啊！”贝贝看见了船家女，朝她挤过去，“您的驳船着火了！快去！”

船家女站了起来，一只红红的大手放到左边胸口，人在害怕、痛苦的时候，好像就容易把手放到这儿心口上。

“雷金纳德·贺拉斯！”她大叫起来，声音可怕极了，“我的雷金纳德·贺拉斯！”

贝贝说：“没事儿！您要说的是那孩子，我们救出来了，平平安安。狗也救出来了。”她实在喘不过气来，只迸出这么几个字，“去吧，都着了！”

她就一屁股坐在啤酒屋的长凳上，拼命想透过气来，人们说的“缓过来”就是这个。她跑得实在太累了，觉得自己永远不会再喘气了。

船夫比尔慢慢站了起来，动作很沉重。不过，他还没太明白怎么回事儿，妻子已经跑到路上，把他甩出一百码开外了。

运河边上，菲丽斯正瑟瑟发抖，船家女飞速靠近的脚步，她差不多一点儿没听见。船家女翻过栏杆，滚下河岸，把娃娃从她手里抢了过去。

“干嘛！”菲丽斯责备说，“我刚把他哄睡了！”

比尔过了一会儿才来，说着一种奇怪的语言，孩子们一句也不懂。他跳到驳船上，一桶接一桶舀水。彼得帮着他，一块儿把火给扑灭了。菲丽斯、船家女、娃娃——很快，贝贝也来了——在河岸上抱成一团。

船家女一遍遍地说：“要是我落下的东西着了火，上帝可怜我！”

但却不是他，而是船夫比尔当初灭烟斗的时候，红热的烟灰落到了火炉口的毡子上，就一直闷烧着，最后终于着起了火苗。比尔虽说严厉，却分得清是非。他没有因为自己的错去责备妻子，而很多别的船夫，很多别的男人，都会这么做。

三个孩子终于回到了三烟囱，都是一身透湿，好像彼得身上的水都淋到别人身上了。可是，妈妈最后从他们你一言我一语的、语无伦次的叙述中知道了真相，觉得孩子们做得很对，也不可能有别的做法。刚才船夫跟孩子们分开的时候，热情地请他们到船上来玩，妈妈也没有阻拦他们接受邀请。

船夫说：“你们明天早上七点过来，我带你们上船，坐到法利再坐回来。我保证带你们去，一个子儿也不用你们花。十九座船闸呢！”

孩子们不知道船闸是什么东西，不过第二天七点钟，他们准时到了桥上，带着面包、奶酪、半块苏打蛋糕，还用篮子装了四分之一块羊腿肉。

真是光荣的一天。那匹白色的老马用力拉着纤绳，驳船平平稳稳地滑过静静的水面。头上是蔚蓝的天空。比尔先生要多和善有多和善，谁也想不到，就是他揪彼得耳朵来着！比尔太太一直挺和善，娃娃也挺好，就连斑点儿也挺好。斑点儿要想咬他们，肯定能把他们咬个好歹。

孩子们到了家，又脏又累，却兴高采烈。彼得说："妈妈，实在太棒了！正好在那个壮观的大水渠上头！还有船闸，您不知道船闸什么样儿！一开始往地里陷，陷得您以为再也不会停了，这会儿，就有两个大黑门，慢慢儿开了，一出来，就又到了运河上了，跟以前一样！"

妈妈说："我见过。泰晤士河上有船闸，我跟你爸爸没结婚的时候，就在马洛坐过船呢。"

贝贝说："还有那个亲爱的、小亲亲、小金子娃娃，让我照顾了好长好长时间哩，感觉真是太好了！妈妈，咱们要是也有个娃娃，让咱们玩，该多好啊！"

菲丽斯说："大家对我们都特别特别好，谁见了我们都是！他们说，我们想什么时候来钓鱼，就什么时候来钓鱼！下次他在这一块儿的时候，还要给我们带路呢！他说我们对路不熟。"

彼得说："他说的是你不熟！不过妈妈，比尔说他会告诉运河上上下下的船夫，我们是真正的好孩子，他们会拿我们当朋友，我们也要拿他们当朋友！"

菲丽斯打断了彼得："然后我就说，我们等到去运河边上钓鱼，就一人戴一条红丝带，这样他们就知道是我们了，我们是真正的好孩子，他们就会对我们好！”

妈妈说：“那你们又交了不少朋友啊，先是铁路，现在又是运河！”

贝贝说：“是啊！我觉得，要是能让别人看到，你不想当‘朋友的反义词’，那全世界的人都会跟你当朋友的！”

“也许吧。”妈妈说着叹了口气：“来吧，小鸟儿们。该睡了。”

菲丽斯说：“好。哎呀！我们去运河边上，本来是要说怎么给珀科斯庆祝生日的。结果一个字也没说这个！”

贝贝说：“我们是没说，可是，彼得救了雷金纳德·贺拉斯一命啊！我觉得一个晚上的事，这就已经够好的啦！”

彼得老老实实地说：“要是我不推贝贝，就该是贝贝救的他了。我推了贝贝两回呢。”

菲丽斯说：“我也会救他，要是我知道该干啥。”

妈妈说：“是啊，你们救了一个孩子的命。今天晚上，这应该就足够了。啊，小可爱们，你们都平平安安！”

第九章

珀科斯的自尊

吃早饭了。妈妈倒牛奶，舀粥，一脸都是光彩。

她说："小鸟儿们，我又发了一篇故事！这一篇说的是'贻贝之王'，咱们喝茶的时候有圆面包吃了！一烤好了就可以去拿了。大概十一点，对吧？"

彼得、菲丽斯、贝贝互相看了对方一眼，一共六眼。然后贝贝说：

"妈妈，咱们今天晚上喝茶的时候，要是不吃圆面包，等到十五号再吃，您不会在意吧？就是下周四。"

妈妈说："亲爱的，什么时候吃，我都不在意。不过，为啥呢？"

贝贝说："因为十五号是珀科斯的生日，他今年三十二岁了，说再也不惦记自己的生日了，还有别的东西要惦记——不是兔子，也不是秘密，惦记的是小孩跟媳妇。"

妈妈说："你是说妻子跟孩子？"

菲丽斯说："对，这俩是一个意思吧？"

彼得说："我们觉得，应该可以给他办一个漂亮的生日会。妈妈您知道，他实在是太好玩，对咱们也太好了，我们之前商量过了，等到下一个吃圆面包的日子，要是能问您，就问一声。"

妈妈说："可是，十五号之前好像没有吃圆面包的日子啊。"

“啊，那我们就商量着，来问您一下，让我们有备——有备无汗[①]，不等圆面包日了。”

妈妈说：“有备无患。我明白了，没问题。用红糖把他的名字写在圆面包上，不错吧？”

彼得说：“珀科斯（Perks）可不是个好听的名字。”

菲丽斯说：“他另外一个名字[②]叫阿尔伯特，我问过他。”

妈妈说：“那咱们就写上 AP 两个字母吧。到了那一天，我教你们写。”

这些都很顺利。可是，哪怕“半便士”一枚的小圆面包，有了十四个，上面都用红糖写了 AP 两个字母，光有这些，还不算个精彩的生日会。

装干草的阁楼里头，有一台切草机，已经坏了；还有一排洞，干草就从洞里漏下去，掉到下面马厩食槽里的干草架上。后来，阁楼上举行了一场热烈的讨论会。会上，贝贝说：“当然啦，生日会肯定有花儿。”

彼得说：“他自己就有不少花儿。”

贝贝说：“可是不管你自己有多少花儿，别人送你花儿，总是好事儿。咱们可以用花儿给生日会做个装饰，不过，除了圆面包，还得有别的东西让咱们装饰才行。”

菲丽斯说：“咱们都安静一下，好好想想。没想出来，谁也别说话。”

大家就都不说话了，都一动不动。安静得连一只褐色大老鼠

---

① 有备无汗（antipate）：贝贝把 anticipate（及物动词，预期某事）说错了。中文作相应处理。

② 另外一个名字：珀科斯是姓，阿尔伯特（Albert）是教名（given name），就是起的名字。

都以为阁楼没人了，大摇大摆地钻了出来。贝贝打了个喷嚏，大老鼠吓了一跳，赶紧逃走了。这个盛干草的阁楼里，居然会发生这种事，可太不适合这只德高望重的中年大老鼠待了，它一向喜欢安安静静的生活。

“好！”彼得忽然大叫一声，“我有主意了！”他一蹦多高，朝着松松的干草，狠狠踢了一脚。

“什么呀？”众人都忙不迭发问。

“哎，珀科斯对大伙儿都特别好。村子里头，肯定有不少人想帮他办生日会，想送他礼物。咱们上村里转转，问问大家伙儿呗！”

贝贝有点犹豫：“妈妈说咱们不应该跟别人要东西。”

彼得说：“你傻呀，她是说不应该给咱们自己要东西。这是给别人！我也问问老先生。我肯定问去，你瞧着吧！”

贝贝说：“咱们先问问妈妈吧。”

彼得说：“哎哟，干嘛什么小事都烦妈妈？特别是她挺忙的时候。算了！咱们下山进村去问吧！”

他们就去了。邮局的老太太说，她看不出珀科斯为啥比别人更有理由过生日。

贝贝说：“不是，我想让大家都过生日，可只有我们才知道他生日是哪天。”

老太太说：“我生日是明天，大家都会注意的。你们去吧。”

他们就去了。

他们问的人里头，有些脾气很好，有些脾气很差。有些人愿意送东西，有些人不愿意。让人送别人东西，其实挺困难的，就算是帮别人。您要是自己试过，就肯定不会怀疑了。

孩子们回到家，数了数人们送的礼物，还有答应送的礼物，感觉这头一天还不算太糟。彼得用那个记火车头编号的小笔记本，写下了礼物的列表，是这么写的：

送了的：

糖果店，一根烟管。

杂货店，半磅茶叶。

布店，在杂货店另外一边。一条羊毛围巾，有点儿褪色。

大夫，一只毛绒松鼠玩具。

答应送的：

屠夫，一块肉。

大路收费站的小屋里住的女人，六个新鲜鸡蛋。

鞋匠，一块蜂巢，六根鞋带，还有，

铁匠，一把铁铲子。

第二天一大早，贝贝就起来，叫醒了菲丽斯。这是先前两人商量好的，没告诉彼得，觉得彼得知道了肯定会说他们啥。不过事后一切顺利完成了，两人还是告诉了彼得。

贝贝和菲丽斯切了一大把玫瑰花，跟插针盒子一块儿放在一个篮子里头，还有菲丽斯一条超级漂亮的蓝领带。那个插针盒子，是贝贝生日那天，菲丽斯给贝贝做的。两人又在一张纸上写了这么一句话："送给兰塞姆[③]太太，送上我们最真心的祝福，祝她生日快乐。"把那张纸放到篮子里，带着篮子去了邮局，进了门，放在柜台上就跑了。这会儿，老太太还没有到邮局来上班呢。

到了家，彼得帮妈妈做好了早饭，也把大伙的计划告诉了妈妈，自信满满。

---

③ 兰塞姆：邮局老太太的名字。

妈妈说:“做这事儿，不算错，不过得看你怎么做。我只是希望，他不至于生气，把这些东西当施舍。你们知道，穷人自尊心很强的。”

菲丽斯说:“这是因为我们喜欢他，又不是因为他家里穷。”

妈妈说:“菲丽斯以前有点小衣服，长大了就没法穿了。要是你们确信，可以把这些礼物送给他，又可以不让他生气，我就找几件小衣服来。我也想为他做点儿什么，他一直对你们那么好。我做不了太多，因为咱们自己也不富裕。贝贝，你写什么呢？”

贝贝刚才忽然在纸上写起字来了。她说:“没啥，妈妈，我相信他一定会喜欢这些东西的。”

十五号上午，非常愉快地过去了。孩子们买好了圆面包，看着妈妈用红糖在上面写了“AP”两个字母。您知道这种字是怎么写的吧？把鸡蛋的蛋白打好了，跟糖粉混在一块儿，再加上几滴胭脂红；然后用干净的白纸做成一个圆锥形，尖头开一个小洞，把粉红色的蛋白糖从大头倒进去，蛋白糖就会慢慢儿从小洞流出来，就拿这个圆锥写字，好像拿着一根又大又粗的笔，装满了粉红色的糖墨水似的。

每一个圆面包上写了“AP”两个字母，都是那么漂亮。面包放到凉凉的烤箱里，让红糖凝固。这时候，孩子们就到村子里去拿东西了，有蜂蜜、有铲子，还有别的。

邮局的老太太正站在门口的台阶上。孩子们路过她，客客气气打招呼:“您早！”

老太太说:“哎，等一下。”

孩子们站住了。

老太太说:“那些玫瑰花儿……”

菲丽斯说:“您喜欢吗？那些花儿，真是要多新鲜有多新鲜！

那个插针盒子是我做的，不过，算是贝贝的礼物。”她一边说话，一边高兴得一跳一跳。

邮局老太太说：“我给你们拿篮子去。”她进屋把篮子提了出来，篮子装满了又大又红的醋栗。

她说：“我敢说，珀科斯的孩子一定喜欢。”

菲丽斯搂住老太太的大肚子说：“您真是个好奶奶！珀科斯一定高兴！”

老太太拍了拍菲丽斯肩膀：“他的高兴劲，肯定比不上我高兴劲的一半，看见你的插针盒子呀，领带呀，那些漂亮的花什么的。你们真是好孩子！你瞧，我在后边那个木头房子里边，还有一辆婴儿车。本来是预备给艾米（老太太的女儿）第一个孩子的，可那孩子只活了六个月，艾米也再没生孩子，就那么一个。还是送给珀科斯太太吧。她也有个大胖小子，这辆车她肯定用得着。你们把车推走好么？”

三个孩子一块儿说：“啊！”

兰塞姆太太把婴儿车推出来，把上面包得严严实实的纸去了，又从头到尾掸了一遍灰，说道：

“嗯，就是这个了。之前我要是想到了，本来应该之前就送给她，只是不太清楚，我自己送，她会不会要。你们告诉她，这是我家艾米的小孩子的车——”

“啊，想到这个车里要有个真正的小娃娃，活生生的，该多好啊！是不是！”

兰塞姆太太说：“是啊。”叹了口气，又笑起来，“来，我给你们几块薄荷夹心糖，送给他家的孩子们，然后，你们就赶紧走吧，趁我还没把脑袋上头的屋顶，跟我身上的衣服一块儿送了！”

给珀科斯收集的东西，都包装好了，放上了婴儿车。三点半，

彼得、贝贝、菲丽斯把婴儿车推上路，朝着珀科斯那所黄色的小房子推了过去。

屋子十分整洁，窗台上摆着一瓶子野花，有开着大花的雏菊，有小酸模，还有几种青草，有的像羽毛一样，有的散发着花的香气。

洗衣房响起了水声，有个洗澡洗到一半的男孩子，脑袋从门边儿探了出来。

他说："妈妈正换衣服呢。"

"一分钟，马上下来。"刚刚擦洗过的窄楼梯上，有个声音传了过来。

孩子们等着，只过了片刻，楼梯就吱呀作响，珀科斯太太下来了，一边还扣着紧身胸衣。头发梳得很紧很光滑，脸也刚用肥皂和水擦洗过，容光焕发。

珀科斯太太跟贝贝说："小姐，我换衣服换得有点儿晚了。只是因为我今天多打扫了一回屋子，珀科斯又碰巧说，今天是他生日。也不知道是什么，让他想起这么一个事儿。娃的生日，我们肯定记得，可是我跟他呢——我们俩忒老，还过什么生日！大家伙儿不都这样么！"

彼得说："我们知道今天是他生日，我们还给他预备了点儿礼物，就在外边，拿婴儿车装着呢。"

给礼物拆着封的时候，珀科斯太太倒吸一口冷气。等都拆开了，珀科斯太太忽然坐在一把木头椅子上，哭了起来。孩子们又惊又怕。

大家都说："哎呀！您别哭，别哭啊！"彼得又加了一句，可能是有点不耐烦："您到底是怎么了？您不是要说，您不喜欢吧？"

珀科斯太太只顾抽泣。珀科斯家的孩子们，本来笑逐颜开，别提多高兴了。这会儿却站在洗衣房门口，向着入侵者怒目而视。一时大家都沉默了，尴尬的沉默。

菲丽斯和贝贝轻轻拍着珀科斯太太后背，彼得又问了一句：“您不喜欢吗？”

珀科斯太太忽然不哭了，又忽然说起话来。

她说：“不碍，不碍，你们别在意。我好着咧！喜欢？哎呀，珀科斯从来没过过这样儿的生日，就算他小时候，跟他叔叔住一块儿，也没过过。他叔叔是个卖粮食的，自己干，后来生意黄了。喜欢？啊——”然后她说的各种各样的话，我就不想写下来了，因为彼得、贝贝、菲丽斯肯定不想让我写下来。太太说的话，让他们的耳朵越来越热，脸蛋儿越来越红。他们觉得，自己根本没做什么好事儿，怎么当得起这样的夸奖呢。

最后彼得说：“您瞧，您这么满意，我们很高兴。可是您要是再说这样的话，我们就得回家去了。我们本来是想留下，看看珀科斯先生是不是也很满意，可我们真的经不起您这么夸的。”

“我一个字也不多说了。”珀科斯太太还是满脸放光，“不过我就算不说话，脑子也不至于不转了，你说至于不？因为要是——”

贝贝突然问了一句：“我们能拿个小碟子吃圆面包吗？”珀科斯太太就赶紧布置桌子，准备喝茶。碟子里盛上了圆面包、蜂蜜、醋栗，两个玻璃的果酱瓶子插上了玫瑰花，那个茶桌子呢，用珀科斯太太的话说，“王子用着都合适。”

她说：“想想啊！我早早把屋子打理干净了，那些个小宝宝也把野花什么的弄来了——我从来没想过，给他还能预备什么东西，也就有那个烟草，他喜欢的，我周六弄来的，然后一直给他攒着咧。真走运！他回来得真早！”

珀科斯还真到了那个小小的前门，正在拔门闩。

贝贝悄声道："啊，咱们藏到后边厨房里头去，您把这事儿都告诉他。不过先得把烟给他，是您给他攒着烟的！等您告诉他，我们就都进屋来一块儿喊：'生日快乐！'"

这计划蛮不错，但并不太成功。首先，彼得、贝贝、菲丽斯跑进洗衣房，前边还推着珀科斯家那些张着嘴的小孩子，时间差点儿不够。没时间关门了，结果只能听着厨房里的动静。洗衣房里头挤了珀科斯家的孩子，还有三烟囱家的孩子，再加上原有的家当，绞衣机、铜锅什么的，挤得满满当当。

他们听见珀科斯的声音说："哈罗，老婆子！布置得真漂亮啊！"

珀科斯太太说："伯特[④]，这茶是给你生日预备的。还有一盎司你最喜欢的烟草。周六给你弄的，你不是周六才正好想起来，今天是你生日嘛。"

珀科斯说："老姑娘，你真好！"接着是亲嘴儿的声音。

"可那个婴儿车放这儿干什么？这些个包裹是啥？这些个糖又是哪儿弄来的，还有——"

孩子们没听见珀科斯太太是怎么回答的，因为紧接着贝贝就猛地一惊，一只手插到口袋里，浑身恐惧地僵住了。

"哎呀！"她跟别人咬耳朵，"咱们该怎么办？那些标签，我全忘了贴上去了！他不知道谁送的是啥了！他非以为这些都是咱们送的，咱们想要显得大方，显得会施舍别人，那些可怕的样儿！"

彼得说："嘘！"

接着他们就听见了珀科斯先生的声音，嗓门很大，怒气冲冲。

他说："我不管！我可受不了，就照直了跟你说！"

④ 伯特：阿尔伯特（Albert）的简称。

珀科斯太太说："可是，你这么不依不饶的，冲着的可是那些孩子——三烟囱的孩子。"

珀科斯硬邦邦地说："我不管。就算是天上来的天使，我也不管！我们这些年过得挺好，也没求人家！我这辈子，说什么也不掺和这些让人施舍的事儿，奈儿，你连想都别想！"

珀科斯太太说："你小声点儿！伯特，看在老天爷的面上，让你那笨舌头消停会儿！他们仨，都在洗衣房里头，你说的字儿，他们一个一个正听哩！"

珀科斯愤愤地说："那，我就再说点儿话，让他们听听！"又加了一句，"以前我反正也跟他们直来直去过，我这就再来一回！"他两大步跨到洗衣房门口，把门一下子推得大开，孩子们都挤在门后，门开的大小很受限制，但还是尽量推开了。

珀科斯说："出来！出来跟我说说，你们什么意思！你们把这堆施舍给堆我这儿，我以前跟你们说过，我家里头缺东西了？"

菲丽斯说："啊，我以为您肯定会特别高兴呢！我这辈子可再也不对别人好了！我肯定不会，永远不会！"

菲丽斯哇一声哭了。

彼得说："我们不是有意要伤别人心的！"

珀科斯说："你们有意怎么着，那无所谓，你们真干的事儿才有所谓呢！"

"您不要！"看见菲丽斯这么害怕，彼得又哑口无言，没法解释，贝贝拼命鼓起勇气，找词儿，"我们以为您会喜欢的。我们自己过生日，也总是收礼物的。"

珀科斯说："对啊！你们自己家的，那可不一样。"

贝贝回答："不是！不是我们自己家的。家里的仆人总是送我们东西，等他们过生日，我们也送他们东西。我过生日，妈妈就送了我一个像金凤花的别针。维妮太太送了我两个漂亮的玻璃壶，也没人觉得，她是要把施舍堆我们这儿！”

珀科斯说：“要是就是玻璃壶，我倒不至于叨叨这么多。我受不了的是这一堆一堆的东西！现在受不了，以后也受不了。”

彼得说：“可这些个不都是我们送的，只是我们忘了往上贴标签了。这些是村子里头各种各样的人送的。”

珀科斯说：“我想问问，是谁让他们送的？”

菲丽斯抽了抽鼻子：“哎呀，是我们！”

珀科斯重重坐在扶手椅上，盯着他们，那眼神，贝贝后来说是“忧郁的绝望眼光，让人一看就害怕”。

“就是说，你们到处乱转，见邻居就说，我们吃不上饭了？好吧，现如今，你可在这一片儿把我们的脸丢尽了！那一大包砖头，从哪儿来的，你们拿哪儿去吧！我真是感激不尽！我不怀疑你们是好意，可要是这些你们觉得都一样，我以后就宁可当不认识你们！”他故意把椅子一转，后背冲着三个孩子。椅子腿儿在砖地板上磨得嘎嘎作响，一片寂静当中，这是唯一的声音。

忽然间，贝贝说话了。

贝贝说：“您瞧，这真是太糟糕了。”

珀科斯没转身，嘴里说：“我也这么说。”

贝贝不顾一切：“您瞧，您要是想让我们走，我们就走。您不想跟我们当朋友，也用不着再当了，可是——”

菲丽斯喊道：“不管您对我们怎么凶，我们永远会当您的朋友！”

彼得在一边厉声插嘴：“不许说话！”

贝贝还是拼命说：“可是，我们临走以前，您得让我们给您看看，我们写的那些贴在东西上的标签！”

珀科斯说："我不想看什么标签，除非是我自个儿过日子，弄行李，那些个行李上的标签。你以为我清清白白挣钱，让自己不欠债，她辛辛苦苦洗衣服，这些东西都能白白流走，让我们当话把子，让邻居笑话？"

彼得说："笑话？您不懂。"

菲丽斯呜咽着说："您这个绅士，怎么那么急性子。您知道，您以前就错了一回，以为我们故意不跟您说俄国人的秘密。您真得让贝贝跟您说说标签的事儿！"

珀科斯还是愤愤不平："好吧，你说！"

"那——"贝贝的口袋塞得满满当当，她就慌慌张张地在口袋里翻着，但还是没有绝望，"大伙儿送我们东西的时候，我们把他们说的话都给写下来了，还写上了大伙儿的名字，因为妈妈说过，我们一定得小心——因为——她说的我也写下来了——这就给您瞧瞧！"

可是贝贝一时间还念不了标签，咽了一两口唾沫，才开始念。

自从丈夫把洗衣房的门打开，珀科斯太太就一直哭泣不止。这会儿她总算喘过气来，哽咽了几下说：

"小姐，你别难过了。要是他不明白你是好意，我也明白的。"

"我可以念标签了吗？"贝贝拼命整着那些小纸条儿，一边哭着一边说，"先念我妈妈的。是这么说的：'这些孩子衣服，是给珀科斯太太孩子的，'妈妈说：'你要是肯定，珀科斯先生不会以为这是施舍，不会生气，我就找几件菲丽斯穿的，她现在大了，没法穿了。我想给他帮点儿小忙，因为他对你们太好了。也帮不了什么大忙，咱们自己也没钱啊。"

珀科斯说："这个倒是行，你家妈妈，生下来就是个好心的女士呢。这些个小连衣裙，咱们就收着吧，干啥不收，奈儿？"

贝贝说："然后是婴儿车，还有醋栗，还有糖果。这些是兰塞姆太太送的。她说：'我敢说，珀科斯先生的孩子们一定会喜欢这些糖。婴儿车呢，本来是预备给我家艾米第一个孩子的，可那孩子只活了六个月，艾米也再没生孩子，就那么一个。还是送给珀科斯太太吧。她也有个大胖小子，怪好看的，这辆车肯定用得着。要是知道珀科斯太太一定会收下，我之前就送给她了。"贝贝又加了一句，"她让我告诉您，这婴儿车，是她家艾米的小孩子的。"

珀科斯太太坚定地说："珀，这车我没法送回去，我也送不回去。你就别让我——"

"我啥也没让你干。"珀科斯粗声粗气地说。

贝贝说："然后是铁锹。詹姆斯先生自己给你做的。他说——纸条呢？啊，在这儿呢！他说：'你跟珀科斯先生说，他那么让人尊敬，给他做个小东西，我挺高兴的。'又说，他挺想给你的孩子，还有他自己的孩子做鞋，就跟给马钉马掌似的，因为，那个，他知道做鞋的皮子什么样儿。"

珀科斯说："詹姆斯这伙计，确实挺不错的。"

贝贝着急忙慌地说："然后是蜂蜜，还有鞋带。他说他很尊敬努力挣钱的这么一个人——屠夫说的话也一样。收税关卡的女的说，您还是个小伙子的时候，有好多次，给她的花园帮忙——那样的事儿，肯定是善有善报——我不知道她什么意思。只要是送东西的，不管是谁，都说他们很喜欢您，我们出的这个主意很好；谁也没说施舍啊，这些个吓人的话。老先生也给了彼得一个金镑，让彼得转交给您，说您这人，知道怎么干活儿。我就以为，您愿意知道，人们有多喜欢您，结果，我这辈子从来没这么难过。再见了。希望有一天您会原谅我们——"

她说不下去了，转身要走。

珀科斯说："别走！"还是背对着他们，"我说的话，只要有一个字，不对你的好意，我都收回去。奈儿，把水壶做上吧。⑤"

彼得说："要是这些东西让您不高兴，我们就拿走了。不过，我想大家都会最最失望的，就跟我们最最失望一样。"

珀科斯说："没让我不高兴——"他又加了一句："我不知道。"忽然他一把把椅子转过来，脸上表情非常古怪，歪七扭八，"我还真不知道，这辈子能有这么高兴的时候。不是因为礼物高兴，虽说这些个礼物确实都是一等一的好——是因为我们这些邻居，都这么尊重我。能让他们尊重，挺值得，嗯，奈儿？"

珀科斯太太说："这些都挺值得。另外，波特，要是你问我，我就说，你这么没事儿瞎闹一通，实在是最没道理的事儿。"

珀科斯还是生硬地说："我不是瞎闹。人要是不尊重自个儿，谁还尊重他？"

贝贝说："可是人人都尊重您啊，他们都这么说的！"

菲丽斯开心地说："我就知道，等您真正明白了，您一定会喜欢的！"

珀科斯说："哼。你们留下来喝茶不？"

后来，彼得提议为珀科斯先生的健康干杯。珀科斯也举起茶杯，以茶代酒，祝酒词是："愿友谊的花环常青！"谁也没想到，他会说出这么富有诗意的一句话。

珀科斯两口子上床睡了。珀科斯说："那些小孩儿，可真爱人儿呀。"

太太说："啊，他们不错，心眼儿真好。可你呢，自打开

---

⑤ 把水壶做上（set on the kettle）：英式英语中，这个短语意为将装满水或其他液体的壶放在炉火上烧水，也可说成 put on the kettle.

天辟地，就没有你这么气人的老东西。我真为你害臊——我告诉你——”

“老姑娘，你用不着。我一知道那不是他们施舍我的，就给自个儿找了个台阶下，也没丢面子。可有一样，‘施舍’这玩意儿，我以前从来受不了，以后也一样！”

这场生日宴会，让大家都兴高采烈。珀科斯两口子，还有孩子们高兴，是因为那些精美的礼物，还有邻居的好意。三烟囱的孩子们高兴，是因为他们的计划圆满成功，尽管没料想耽搁了一阵子。兰塞姆太太高兴，是因为她每一回看见婴儿车里，珀科斯家的大胖小子。珀科斯太太挨家挨户地拜访，谢谢乡亲们好心送来的生日礼物，每拜访一家，就觉得这朋友，比她以前想的还好哩。

珀科斯沉思地说：“我现在倒觉得，人做的事儿虽然重要，还是不如心意重要。这假如要是施舍的话——”

珀科斯太太说：“啊，去他的施舍！伯特，我打赌，你就算想要施舍，甭管多想要，谁也不会施舍你。他们就是想够朋友，就这。”

后来，村里的牧师来拜访珀科斯太太，太太就跟牧师都说了，又问：“先生，这确实是‘够朋友’吧，对吧？”

牧师说：“我觉得，这种意思，有时候应该叫‘爱心’吧！”

您瞧，最后是皆大欢喜。不过，谁要是做这种事，一定得注意，做事的方式不能错。就像珀科斯说的，他认真想了一想，觉得人做的事虽然重要，但还是不如心意重要。

第十章

可怕的秘密

孩子们刚搬来三烟囱的时候，商议过好多关于爸爸的事儿，也问了一大堆问题，他在干啥，在什么地方，什么时候才能回来。妈妈一直都尽量认真回答，可是随着时间过去，他们谈爸爸也谈得少了。贝贝差不多从一开始就感觉，因为某种奇怪的、痛苦的原因，这些问题让妈妈很伤心。菲丽斯和彼得也慢慢有了这种感觉，虽然还没法用话说出来。

有一天，妈妈特别忙，忙得连十分钟都走不开。贝贝把茶水端到了那个空空的大屋子里头，孩子们管那个屋子叫“妈妈作坊”。这屋子几乎一点家具都没有，只有一张桌子、一把椅子、一块地毯。但是窗台上、炉台上，总是放着几个大花盆，这几盆花就让孩子们照看。屋子有三个长长的窗户，没挂窗帘，外面就是风景优美、一望无际的沼地和牧场，远处山上的紫罗兰，还有永远变幻不定的云朵和天空。

贝贝说：“好妈妈，给您端茶来了。趁热赶紧喝了吧。”

桌子上到处散落着稿纸，上面写满了字，差不多跟印出来的一样清楚，却比印出来的好看多了。妈妈把钢笔放在稿纸中间，贝贝双手插进妈妈的头发，好像要一把一把往下揪似的。

贝贝说：“您这头真可怜啊，还痛么？”

妈妈说："不痛了——还有点——不厉害。贝贝，你觉得，彼得跟菲丽斯会不会忘了爸爸了？"

贝贝生气了："不可能。怎么啦？"

"你们仨，哪个现在也不提他了。"

贝贝先是左脚站着，又换到右脚站着。

她说："我们自个儿待着，就老说起他。"

妈妈说："可是不跟我说了。为什么？"

贝贝发现要说为什么还真困难。

"我……您……"贝贝欲言又止，走到窗前往外看。

妈妈说："贝贝，过来。"贝贝过来了。

妈妈一只胳膊搂住贝贝，头发乱蓬蓬的脑袋倚在贝贝肩上："现在，亲爱的，跟我说吧。"

贝贝站也不是，坐也不是。

"跟妈妈说吧。"

贝贝说："是这样……我觉得爸爸不在家，您特别难受，我要是提他，您就更难受了。所以我就不提了。"

"彼得和菲丽斯呢？"

贝贝说："我不知道他俩。我从来没跟他们提起这件事。不过我觉得，他们跟我一样，也有这样的感觉。"

"好贝贝，"妈妈还是把头靠在贝贝肩上："我告诉你吧。我不光和爸爸分开了，我跟他还有一件很大的伤心事——可怕的伤心事——想都想不出来。一开始的时候，你们都说他的事儿，就好像跟以前一样，我确实挺难受。可是你们要是把他忘了，那就更可怕了，什么都不如忘了他可怕。"

贝贝声音特别特别小："这场麻烦——我保证什么问题都不问，我也没问过您，对吧？可是——这场麻烦——不会永远都不完吧？"

妈妈说："不会的。到了爸爸回家，跟咱们团聚了，最糟糕的就过去了。"

贝贝说："要是我能安慰您就好了。"

"哎呀，亲爱的，你觉得没安慰我？你们三个都一直那么好，以前老是吵架，现在也少多了，你以为我没注意？你们给我做的那些小小的好事，花儿呀，擦鞋呀，还有，我还没空铺床，你们就自己给我铺上了，你以为我没注意？"

贝贝有时候确实寻思，这些事，妈妈有没有注意。

她说："这些都不算什么，比起——"

"我必须接着干活儿了。"妈妈最后捏了捏贝贝，"跟别人一个字儿都别说。"

这天晚上睡觉之前的一个钟头，妈妈没有像往常那样念书给孩子们听，而是说了说自己和爸爸小时候的事儿。那会儿，爸爸妈妈住在乡下，两人的家挨得挺近，经常一块儿玩游戏。妈妈就讲了这些游戏的故事，还讲了爸爸跟妈妈的兄弟一块儿冒险的故事，那时候他们还都是小男孩。妈妈讲的故事好玩极了，孩子们一边听一边笑。

妈妈给卧室点蜡烛，菲丽斯说："爱德华叔叔还没来得及长大就死了，是么？"

妈妈说："对，亲爱的。你应该会喜欢他的。他是个特别勇敢的孩子，而且特别爱冒险。老是那么淘气，可就算淘气，还是跟谁都能交上朋友。你雷吉叔叔呢，现在在锡兰——对，爸爸也不在家。可是我觉得，他们知道了我们说他们以前的事儿，应该会觉得我们挺高兴的。你们觉得是不是？"

菲丽斯的口气很吃惊："爱德华叔叔可不是呀，他上天堂了。"

"你不能这么想。上天是把他带走了，可他没有忘了咱们，也没有忘了那些以前的日子，就跟我没有忘了他一样。绝对没有，他都记得！他只是稍微离开了一阵子，咱们有朝一日还会看见他的。”

彼得说：“雷吉叔叔——还有爸爸也一样？”

妈妈说：“对，雷吉叔叔还有爸爸也一样。宝贝们，晚安。”

大家都说：“晚安！”贝贝跟妈妈贴得比平时更紧了，在她耳边轻声道：“啊，妈妈，我多爱你呀，真的——真的！”

贝贝后来又仔细想了想，努力不去寻思那个“大麻烦”到底是什么，但有时候还是不由自主地寻思。爸爸没有死——跟可怜的爱德华先生不一样——妈妈以前这么说过了。而且他也没得病，不然妈妈就该陪着他了。麻烦肯定不是家里穷，贝贝知道，这麻烦，比起钱来，更贴近人心。

贝贝告诉自己：“我一定不能想到底是什么，绝对不行！妈妈发现，我们吵架没有那么多了。我真高兴啊。我们一定要保持。”

但是，呜呼哀哉，当天下午，她和彼得就有了一次，用彼得的话说，“一级大吵”。

当初，来到三烟囱才一个星期，他们就请求妈妈，让他们在花园里一人有一块地方。妈妈同意了，就把花园最南边几棵桃树下的地方划成了三块，他们想种什么就种什么。

菲丽斯在自己那块地上，种了木樨草、旱金莲，还有涩荠。种子倒是发芽了，可是看着就跟野草一样。菲丽斯相信，有朝一日会开花的。很快，涩荠就证实了她的信念，她的花园开了不少色彩鲜亮的小花，有粉红的，有白的，有红的，有淡紫的，可漂亮了。

菲丽斯曾经满意地说：“我没法除草，怕拔错了，把花儿拔了。这样，还省了不少事儿呢！”

彼得那块地，播下的是蔬菜的种子——有胡萝卜，有洋葱，有郁金香。种子是附近一个农夫给的，这农夫就住在桥那边，住在一栋木头灰泥房子里头，房子是黑白两色，漂亮得很。农夫还养火鸡，养珍珠鸡，是个非常和蔼可亲的人。不过，彼得的蔬菜一直没什么长出来的机会，因为他喜欢用花园里的土挖运河，盖要塞，修土木工事，供他那些玩具士兵用。为了打仗、修水利老是要翻动泥土，这种土里面，蔬菜种子自然也就发不了芽了。

贝贝在花园里种的是玫瑰灌木，可是玫瑰新发的小叶子，都皱成一团，枯萎了，因为她五月份把玫瑰在花园里移栽了一下，这压根儿就不是移栽玫瑰的时节。可贝贝不承认玫瑰都死了，总是抱着一线希望，直到有一天珀科斯来看了看花园，很直白地告诉她，她的玫瑰早就死透了，死得跟门钉一样。

他说："小姐，这玫瑰啊，也就只能拿来烧篝火了。你把花儿都给挖出来烧了，我就从我花园里头给你拿点儿新苗来，有三色堇，有紫罗兰，有十样锦，有勿忘我。明天你要是把这块地预备好了，我就给你捎来。"

第二天贝贝就动手干活儿。妈妈夸了三个孩子不吵架。也正好是在这一天。贝贝把玫瑰都挖了出来，搬到花园另外一头，那一头有个垃圾堆，他们预备到了盖伊·福克斯节[1]那一天，用垃圾堆点篝火哩。

与此同时，彼得也决定把要塞和工事全都拆掉，计划做一个铁路隧道的模型，有路堑，有路堤，有运河、水渠、桥梁什么的。

---

① 盖伊·福克斯节（Guy Fawkes' Day）：17 世纪初，英国是基督教新教国家，与基督教的另一派天主教矛盾很深。1605 年，狂热的天主教徒，爆破专家盖伊·福克斯密谋在 11 月 5 日炸毁伦敦的国会大厦，刺杀英格兰国王詹姆士一世（James I），被发现并处死；之后，英国把 11 月 5 日称作"盖伊·福克斯节"，主流社会认为这个节日是为了庆祝福克斯的失败和国王的脱险；但也有一些英国民众将福克斯视为英雄，因此拥有多重的文化含义。

结果，贝贝搬着死玫瑰，完成了最后一次“棘手”的旅程回来的时候，彼得拿了耙子，正忙得不亦乐乎。

贝贝说：“这耙子我刚才在用呢。”

彼得说：“啊，我现在用呢。”

贝贝说：“可这耙子是我一开始用的。”

彼得说：“那现在轮到我用了呗。”两人就这么吵起来了。

两人针锋相对了一阵，彼得说：“你老是没来由就这么烦人！”

贝贝抓着耙子柄，脸涨得通红，挑衅地说：“我先拿的耙子！”

“你少来——我告诉你，今儿早上我就跟你说了，我得用耙子。菲尔，我说过没有？”

菲丽斯说，两人吵架，她不想卷进去。当然，她一下子就卷进去了。

（彼得说）“你要是记得，就应该说嘛。”

（贝贝说）“她肯定不记得——可没准会说记得。”

彼得说：“我要有个兄弟，没有这俩哭哭啼啼的姐姐妹妹，该多好！”彼得说出这种话来，说明他的愤怒已经上升到了最高点。

贝贝就照老样子，回敬了彼得一句：“我就不明白，小男孩这玩意儿，发明出来干嘛！”

她边说边抬头看，看见了妈妈作坊的三个大窗户，闪烁着太阳的红光。她见到这副场面，就想起了妈妈夸她的话：

“你们以前老是吵架，现在也少多了。”

贝贝叫了一声：“哎呀！”就好像她让什么东西撞了，好像手指头让门挤了，好像牙忽然痛得要命一样。

菲丽斯说：“怎么了？”

贝贝想要说：“咱们别吵了！妈妈讨厌咱们吵。”可是尽管她拼命努力，还是说不出来。彼得那模样，实在太讨厌，太侮辱人了。

她只能迸出一句："那，这该死的耙子，你拿去吧！"突然松开了耙子柄。彼得一直抓着耙子，抓得太紧，拉得也太用力了，现在另一头的拉力忽然没有了，他就踉跄几步，仰面摔倒了，这时候，耙子齿正在他两脚中间。

贝贝又说了一句："你活该！"才强迫自己不说了。

有片刻工夫，彼得躺着一动也不动，时间太长，贝贝有点儿怕了。然后彼得让贝贝更害怕了，他坐起来——尖叫了一声——脸色变得煞白，又躺下，开始惨叫，叫声不大，却总也不断，就跟四分之一英里开外杀猪的声音一模一样。

妈妈把脑袋探出了窗户，不到半分钟，就已经来到了花园里，跪在彼得身边。彼得的嚎叫声一直没停下。

妈妈问："贝贝，怎么了？"

菲丽斯说："那个耙子。彼得拽耙子，贝贝也拽耙子，后来贝贝不拽了，彼得就倒了。"

妈妈说："彼得，别叫了！行了！马上别出声了！"

彼得上一声嚎叫，还留了点儿气，他用完了这点儿气，不叫了。

妈妈说："好，你受伤了吗？"

"他要是真受伤了，就不闹成这德行了。"贝贝还气得浑身发抖，"他可不是胆小鬼！"

彼得气鼓鼓地说："我一只脚应该是掉下来啦！就这！"他坐了起来，小脸变得煞白。妈妈一只胳膊搂住他。

妈妈说："他确实是伤着了，晕倒了。贝贝，你坐下，把他脑袋放你大腿上。"

然后妈妈给彼得脱了靴子。脱右脚的时候，有什么东西从脚上滴到了地上——是红红的血。脱了袜子，看见彼得脚上、脚踝上有三处红色的伤口，是让耙子的齿给扎的，整个脚斑斑点点都是血迹。

妈妈说：“快拿水来！端一盆！”菲丽斯赶紧跑了，回来的路上跑得太急，大半盆水都泼出来了，只好再跑一趟，拿个大壶又打了一壶水。

彼得一直闭着眼，直到妈妈用手绢裹好了他的脚，贝贝把他抱进屋，放在餐厅里那把棕色的木头高背长靠椅上，也没把眼睛睁开。这时候，菲丽斯已经去叫了医生，走路走到一半了。

妈妈坐在彼得身边，给他洗了脚，跟他说话；贝贝出去泡了茶，把水壶坐在炉子上。

她自言自语：“我就只能做这些了。唉，要是彼得死了，不然这辈子落下个残疾，不然只能拄拐杖走路，或者穿一只靴子一只草鞋，该怎么办呀！”

她站在后门旁边，盯着集水罐，脑子里净是这些不祥的可能。

她说了出来，声音很大：“我要是当初没生下来才好呢。”

“哎，不得了，怎么这么说？”有个声音问道。珀科斯站在贝贝面前，提着一个木条浅底篮子，装满了带着绿叶的东西，还有松松软软的泥土。

贝贝说：“啊，是您！彼得一只脚让耙子给扎了——有三个大口子，就跟当兵打仗受的伤一样。他这样，我也有错。”

珀科斯说：“……大夫看过了吗？”

“菲丽斯去请大夫了。”

珀科斯说：“他肯定没事儿，你瞧着吧。哎，我爸有个二表弟，有一回，让一个草叉子给扎了，直接扎肚子里头去了，结果呢，几个礼拜，就好得跟以前一样，只是后来脑袋有点晕，他们也说，那头晕呢，是在晒草场里头，让日头给晒的，不是草叉子的事儿。我记他记得可清楚哩。这人吧，心眼儿是挺好，可是怎么说呢，有点儿面糊。”

听了这鼓舞人心的旧事，贝贝努力让自己振作起来。

珀科斯说：“这个，我敢说，你现在这会儿，不想倒腾花园的事儿了吧。你把我领花园去，我就给你把这些个东西都栽上。然后我要真有空，我就在一边待着，等大夫出来了，就跟他见一面，听听他怎么说。小姐，你高兴点。我赌一英镑，他肯定没伤着，不用说。”

但彼得确实伤着了。大夫来了，看了看那只脚，给他包扎得一级漂亮，说彼得这只脚至少一个星期不能着地。

贝贝跟大夫咬耳朵，气都喘不过来：“他不会瘸了吧，不会拄拐吧，不会腿上长个肿块儿吧？”

弗罗斯特大夫说：“表婶啊[②]！不会！两个星期的工夫，他就能站起来，跟以前一样活蹦乱跳了。小鹅妈妈[③]，你就别担心了！”

妈妈跟大夫走到大门那边，大夫要最后嘱咐一下该注意的；菲丽斯给水壶灌水，要泡茶。这时候，彼得和贝贝发现，只剩下他们两人了。

贝贝说：“他说你不至于瘸腿什么的。”

彼得说：“你傻呀，我当然瘸不了。”但还是如释重负。

贝贝停了一下，说：“彼得啊，我实在是对不起！”

彼得气哼哼地说：“算了。”

贝贝说：“都是我的错！”

彼得说：“少废话！”

---

② 表婶啊（My aunt）：应为 My God，大夫因为避讳 God 而顺口说了 aunt.

③ 小鹅妈妈：参见第一章“鹅妈妈”注解。鹅妈妈所作的童谣很多是摇篮曲，所以大夫管贝贝叫“小鹅妈妈”，是调侃她很像个保姆，非常关心彼得。

“咱俩要是没吵架，就不会有这事儿了。我知道吵架不对。我想这么说，可是不知怎的，就是说不出来。”

彼得说：“别瞎说八道！你就算说了，我也停不下来。另外，咱俩吵架，跟这事儿一点关系都没有。我没准儿会让锄头扎了脚，让切草机切了手指头，让烟花把鼻子给崩掉了。不管吵没吵架，肯定都是一样痛嘛。”

贝贝眼泪汪汪：“可是我知道吵架不对，现在你受伤了，还有——”

彼得坚决地说：“听我说，你别叨叨了！你要是不小心，你就该变成一个超级恶心的小唠叨鬼，就是主日学校[④]的那种！我就这么告诉你！”

贝贝说：“我不是成心要当唠叨鬼的，可是，人真心想要对别人好的时候，想不当唠叨鬼，可真不容易啊！”

（亲爱的读者，可能您也经历过这种困难吧。）

彼得说：“不是那个。伤着的不是你，真是太走运太走运了。受伤的是我，我倒蛮高兴哩。哼！这要是你呀，你还不躺沙发上，模样跟个受伤的小天使差不多，让一家子人担心得要死，都围着你转，这个那个的。我绝对受不了！”

贝贝说：“我才不会呢！”

彼得说：“得了吧，你肯定会！”

“我告诉你我不会！”

---

④ 主日学校：英美诸国在星期日为贫民开办的初等教育机构。兴起于18世纪末，盛行于19世纪上半期，1870年之后逐渐被公立学校取代。故事发生的时候，主日学校已经被人看成是一种落后的教育形式，内容枯燥无味，可能因此彼得才用“主日学校”修饰“唠叨鬼”（prig）；原文意为经常向别人搭话，无事生非的人。

“我告诉你，你肯定会！”

门口响起妈妈的声音：“啊，孩子们，这就又吵起来啦？”

彼得说：“我们不是吵——不是真吵。您可别以为，每次我们想得不一样，就是吵！”妈妈又出去了，贝贝爆发了：

“彼得！你伤了脚，我真是抱歉。可你说我是唠叨鬼，你真是个野东西！”

彼得说的话出人意料：“嗯，没准儿我真是吧。你毕竟说了，我不是个胆小鬼，就算你那么激动的时候也没说。只是有一样，你别当唠叨鬼，就这。你就把眼睛睁大了，你要是觉得自个儿唠叨起来，就及时别唠叨了。明白啦？”

贝贝说：“嗯，明白了。”

彼得宽宏大量地说：“那咱们不闹了！过去的事儿一笔勾销。咱们握个手。我说，贝贝，老伙计，我可累了。”

又过了好多天，彼得一直很累。那个高背长椅子，尽管往上堆了不少枕头、靠垫、叠起来的软毯子，他还是觉得硬硬的不舒服。不能出去玩儿，真是太可怕了。大家把高背椅子挪到了窗户边上，彼得打窗户望出去，看得见火车在山谷里绕来绕去冒的烟，但是看不见火车。

一开始，贝贝发现，“想对彼得尽量好”挺困难的，怕彼得会觉得自己唠叨。可是，这种害怕很快就消失了，因为彼得发现，贝贝和菲丽斯实在是非常好。姐妹出去，妈妈就陪他坐着。贝贝那句“他可不是胆小鬼”让彼得下了决心，脚上的痛，一句也不说。尽管痛得很厉害，特别是晚上。

有时候，表扬给人的帮助特别大。

也有人来看彼得。珀科斯太太过来问他怎么样了，站长也来过，还有村子里的几个人。可是，时间过得还是很慢很慢。

彼得说："我真想有点儿什么书看，家里的书，都看了五十遍了。"

菲丽斯说："我上大夫那儿去，他肯定有点儿书。"

彼得说："我猜，都是让人怎么得病的书，还有就是人的肚子里边，特恶心的那种。"

贝贝说："珀科斯有一堆杂志呢，都是火车上的，人们不爱看，他就拿下来了。我跑他家去问问。"

两姑娘就兵分两路了。

贝贝到珀科斯家，珀科斯正擦着几盏灯，忙得不行。

他问："那个小先生怎么样了？"

贝贝说："好多了，谢谢您。可是他现在太闲了，闲得吓人。我来问问您，有没有杂志，借给他看看。"

"哎呀，真是的。"珀科斯有点儿后悔，用一团黑黑的，油油的破棉花擦了擦一边耳朵，"我怎么没想到这个？今儿早上，我还拼命寻思，什么能逗他开心，想来想去，也想不出什么东西，比豚鼠更好。我认识一个小伙子，到了今天喝茶的时候，就把豚鼠给他捎过去。"

"活生生的小豚鼠！多可爱呀！他一定高兴，可是他也喜欢杂志。"

珀科斯说："杂志是没了。我刚把一堆，送给斯尼格森家的小子了，他得了肺炎，正养着呢。我倒是还有不少带画儿的报纸。"

他走到角落里头，角落里堆着一堆报纸，他拿起来一摞，有六英寸厚。

珀科斯说："好啦！我给这报纸拿纸包好了，拴个绳子。"

他从那一堆报纸里头抽出一张旧报纸来，铺在桌子上，打成了一个干净利落的小包裹。

珀科斯说："行了，这上头有不少画儿，他要是愿意拿画笔盒子，拿彩色粉笔糟践这玩意儿，哎，就让他糟践去。这玩意儿，我可不要。"

贝贝说："您真好！"拿了包裹朝家走。报纸还挺沉的，她到了平交道口，来了一列火车，只好停下等火车过去。她把小包裹放到大门顶上，随意瞧了瞧包报纸的那张报纸上印的字。

贝贝忽然抓紧了包裹，低下脑袋使劲瞧，就好像瞧着一场噩梦。她一直读了下去，可是这一栏底下撕没了，她没法往下读了。

她不记得自己怎么回的家，可是回了家，就踮起脚尖，走回自己屋，锁了门，接着拆了包裹，又看了那一栏铅字，坐在床沿上，手脚冰凉，脸上发烧。她又看完了所有的内容，颤抖着，长出了一口气。

她说："我总算知道了！"

那一栏的标题是：《审结，裁定，宣判》。

送上法庭的人的名字，就是她爸爸的名字。裁定"有罪"，宣判是"拘役五年"。

"爸爸呀！"她攥紧了报纸，悄声说道，"不会的——我不相信。这不是您干的！决不！决不！决不！"

有人使劲敲门。

贝贝说："怎么啦？"

菲丽斯的声音："是我！茶泡好了，有个男孩，给彼得拿了个豚鼠过来！你下楼吧！"

贝贝只好下楼了。

第十一章

红衣猎犬

那个秘密，贝贝终于知道了。包裹上包的一张旧报纸——只是这么个小东西——就把秘密透露给了贝贝。她还得下楼喝茶，假装什么事儿都没有。她勇敢地假装了一回，却并不那么成功。

因为贝贝一进来，大伙儿都不喝茶了，抬起头来，瞧见了贝贝通红的眼睛、苍白的脸，脸上还有红色的泪痕。

妈妈从茶盘子跟前跳了起来，喊道："亲爱的，你到底怎么了？"

贝贝说："我头痛，特别痛。"她也确实头痛。

妈妈问道："出什么事儿了吗？"

贝贝说："我没事儿，真的。"她红肿的眼睛朝妈妈传递了这么一句恳求的信息，很短——"当着大家，别说！"

茶喝得很不痛快。贝贝一定遇见了什么可怕的事，这迹象实在太明显，彼得极为不安，说话只说一句："麻烦，再来点儿面包黄油。"一遍一遍重复，重复的间隙也短得吓人。菲丽斯在桌子底下抚摸着姐姐的手，想表示同情，结果把自己的奶杯打翻了。贝贝拿来一块布，把洒了的牛奶擦干净，感觉稍微好了一点儿，但还是觉得喝茶的时间太久，好像永远也结束不了似的。可是，凡事都有个了结，茶终于喝完了，妈妈把托盘拿出去，贝贝就跟着她出去了。

菲丽斯跟彼得说："她去跟妈妈坦白去了。你说她干了啥事呢？"

彼得说："应该是打碎什么东西了吧。可是她用不着为这事儿犯傻。不小心弄坏了东西，妈妈从来不说咱们。听着！对，他们上楼去了。她让妈妈跟她上楼，要给妈妈看——那个画着鹳鸟的大水壶？我估计是。"

厨房里，妈妈刚放下茶具，贝贝就抓住了妈妈一只手。

妈妈问道："怎么啦？"

贝贝只说了一句："您上楼，找个谁也听不见咱们的地方。"

她把妈妈领到自己屋里，锁上门，坐下，一动也不动，一个字也不说。

喝茶的时候，她一直在想，到底该说什么？她决定，应该说"我全都知道了"、"我一切都知道了"、"那个可怕的秘密已经不是秘密了"，这三句比较合适。可是现在，她和妈妈，还有那张吓人的报纸，关在一间屋子里的时候，她却发现，自己什么也说不出来了。

忽然她扑到妈妈跟前，抱住妈妈，又哭了起来。可她还是找不着话说，只是"妈妈呀、妈妈呀、妈妈呀……"无休无止地重复。

妈妈紧紧抱住贝贝，等着。

贝贝猛然挣开妈妈，来到自己床前，从床垫下抽出藏着的报纸，拿给妈妈看，颤抖的手指指向爸爸的名字。

妈妈只消瞥上一眼，就看清楚了内容，大叫道："啊！贝贝，你没相信吧？你没相信爸爸会干这种事吧？"

"没有！"贝贝差点儿喊出来。她已经不哭了。

妈妈说："那就好。这不是真的。他们把他关起来了，可他什么错事都没做。他是个好人，堂堂正正的人，正人君子！他属于咱们一家子！我们只能这么想，只能为他骄傲，只能等下去。"

贝贝又紧紧靠着妈妈，又开始不断重复两个字，只是这次换成了“爸爸”：“爸爸呀、爸爸呀、爸爸呀……”一遍又一遍。

没多久，贝贝忽然说：“妈妈，你怎么没跟我说？”

妈妈问：“你会跟别人说吗？”

“不会。”

“为什么？”

“因为——”

妈妈说：“没错，你现在明白了，我为什么没跟你说了。咱们俩得互相鼓劲儿才行。”

贝贝说：“是——妈妈，您要是把整件事都说了，会更不开心吗？我想弄明白。”

于是，贝贝依着妈妈坐着，把“整件事”都听了一遍。她听见，那永远不会忘记的最后一夜，那个修火车头的晚上，那些要见爸爸的人，是来抓爸爸的，说他把国家机密出卖给了俄国——也就是说，爸爸是间谍，是卖国贼。她听说了审判，还听说了证据——就是几封信，在爸爸办公室的桌子抽屉里头发现的；让陪审团相信爸爸有罪的关键，就是这几封信。

贝贝喊道：“啊，他们看着爸爸的脸，怎么还能相信这种事！有谁能做出这样的事儿来！”

妈妈说：“有人干的，所有证据都对爸爸不利。那些信——”

“对，那些信是怎么跑到他抽屉里的？”

“有人放进去的。放进去的人，才是真正有罪的人！”

“这段时间，他一定也难受得不行吧。”贝贝沉思地说。

妈妈狠狠地说：“我才不相信他有感情！他有感情，才不会干这种事！”

“说不定他觉得，别人要发现他了，他就把信塞到抽屉里边了。

您怎么不告诉律师，告诉别的什么人，说一定是那个人呢？不会有人想故意伤害爸爸，对吧？”

“我不知道——不知道。有个人原本在爸爸手下，后来坐了爸爸的位子，就是——就是出事的时候——他一直嫉妒你爸，爸爸太聪明了，人人都特别看重他。爸爸还从来没有太信任过那个人。”

“咱们没法跟什么人彻底解释一遍？”

“没人听啊。”妈妈的声音充满了苦涩，“一个人也没有。所有办法我都试过了。你以为我没试过？没用，小亲亲，做什么都没用。我们能做的，你，我，爸爸，只有勇敢，只有耐心，还有——”她声音很轻很轻——“祈祷，贝贝，亲爱的。”

贝贝忽然说：“妈妈，您太瘦了。”

“可能有点儿吧。”

贝贝说：“还有，啊，我真心觉得，您就是这世上最勇敢、最善良的人啊！”

妈妈说：“亲爱的，这件事，咱们再也不说了，好吗？我们一定要承受下来，一定要勇敢。还有，贝贝，尽量不要再想了。努力高兴起来，让自己高兴，也让大家高兴。你们要是能快乐一点儿，有爱做的事情做，我就宽心多了。把你那可怜的小圆脸儿洗了，咱们出去，到花园里待一阵子吧。”

彼得和菲丽斯对贝贝特别好，特别关心。两人也没有问贝贝，到底出了什么事。这主意是彼得出的，他又好好训练了菲丽斯一阵。要是菲丽斯自己没人管，一百个问题也问出去了。

过了一周，贝贝终于有机会一个人待着了，她又写了一封信，又是写给老先生的。她说：

亲爱的朋友，报纸上登的，您看见了。那不是真的。爸爸从来没做过那样的事。妈妈说，有人把那些文件，放到爸爸抽屉里边

了，她说，爸爸手下有一个人，嫉妒爸爸，爸爸被抓以后，那个人就顶替了爸爸的位置。爸爸很久以前就怀疑他了。可是，妈妈说的话，谁也不听，可是您太好了，太聪明了，您直接就把那个俄国先生的妻子给找出来了。您可以找出这个卖国的事情是谁干的吗？因为我用自己的名誉发誓，肯定不是爸爸；我爸爸是个英国人，做不了这样的事，他们就能让我爸爸从监狱里头出来了。太可怕了，妈妈瘦多了。妈妈有一次跟我们说，要为所有的囚犯、所有的俘虏祈祷。我现在明白了。啊，请您一定要帮我——只有妈妈和我知道，我们什么事儿也做不了。彼得和菲尔还不知道。只要您努力——只是努力就行，努力把那个人找出来，我一辈子每天都为您祷告两次。请您想一想，如果这是您的爸爸，您会有什么感觉啊！请您一定，一定，一定帮我！爱您的；

永远做您最亲爱的小朋友

诺贝塔

又及：妈妈要是知道我在写信，她一定会热情地问候您的，可是，万一您什么都做不了，告诉她我在写信也没用。但是我知道，您一定会做点什么的。最深爱您的贝贝。

她用妈妈剪布用的大剪刀，把那份报纸上爸爸官司的报道剪了下来，跟那封信一块儿装进了信封。

然后把信拿去了车站。她是从后门出去的，绕过了小路，这样别人就不至于看见她，要跟她一块儿走了。她（来到车站，）把信交给了站长，让他第二天一早转交老先生。

“你到底上哪儿去了？”彼得在院墙顶上喊。他跟菲丽斯都在院墙顶上。

贝贝说：“当然是去车站啦。彼得，给我搭把手。”

贝贝一脚踩在院门的锁上，彼得伸下去一只手。

“怎么回事？”贝贝上了墙头问，因为菲丽斯和彼得弄了一身泥。俩人之间的墙上，放着一块湿乎乎的黏土。俩人各有一只脏兮兮的手，捏着一块石板；彼得身后摆着几个奇怪的圆东西，很像特别粗的香肠，中间是空的，一头封了起来。这几个东西摆得比较远，不会一不小心碰到。

彼得说：“这是鸟窝！是燕子窝。我们要拿炉子烘干了，拿丝线挂在马车房的屋檐底下！”

菲丽斯说：“对呀！然后，我们就把羊毛跟头发都攒起来，能找多少找多少，到了春天，给鸟巢里头垫上，小燕子该多高兴啊！”

彼得带着一种“做善事”的口气说：“我老是想，这些不会说话的动物，人们给它们做的事太不够了。我现在真是觉得，给可怜的小燕子做窝这事儿，人们以前应该想到的啊。”贝贝含含糊糊地说：“啊，要是每个人都把所有事儿想到了，那谁也就没有别的事儿可想了呀。”

“瞧瞧这些燕子窝——漂亮不？”菲丽斯说着，伸手越过彼得，去拿一个鸟窝。

哥哥说：“小心点菲尔！你乱动什么！”可还是太晚了，菲丽斯的小指头用的劲儿太大，把鸟窝压扁了。

彼得说：“不碍的！”

贝贝说：“算了吧。”

菲丽斯说：“这个是我自己做的，彼得，你不用说闲话。对呀，我们做完了鸟窝，还把名字的第一个字母写上了，这样小燕子就知道该感谢谁，该喜欢谁了。”

彼得说：“你傻呀，燕子又不认字。”

菲丽斯回击：“你才傻呢，你怎么知道的？”

彼得喊道："不管怎么说吧，做鸟巢这个主意，谁想出来的？"

菲丽斯嚎道："我想的！"

彼得反驳："呸！你想的是拿干草做，把干草的鸟窝粘在常春藤上，当麻雀窝。要是那样，等不到麻雀下蛋的日子，早就湿透啦！拿黏土给燕子做窝，可是我的主意！"

"你说啥，我才不管呢。"

贝贝说："瞧，我已经把这个鸟窝又弄好了。给我个小棍儿，我来写你们名字的第一个字母。可你们怎么写的？你的字母跟彼得一样啊！彼得的英语是 Peter，第一个是 P.，你名字的英语是 Phyllis，第一个也是 P."

"我写 F.，这才是菲丽斯。"叫这名字的孩子说，"听着就是这个字母。我百分百肯定，燕子要拼写 Phyllis，才不会用 P. 打头呢。"

彼得还不依不饶："燕子压根儿不会拼字母！"

"那你说圣诞卡上，情人卡上，那些燕子，脖子上怎么老是绕着字母？要是它们不认字，怎么知道该上哪儿去呢？"

"那是画儿上画的！要是真的燕子，你可从来看不见它脖子上绕着字母！"

"嘿，我有只鸽子，至少爸爸跟我说过，鸽子就带着字母，不过不是脖子上绕着，是藏在翅膀底下，可这是一回事儿啊，还有——"

"我说，"贝贝打断两人，"明天要有一场'纸屑追人'① 游戏呢！"

---

① 纸屑追人：一种西方的户外追逐游戏，一般在开阔而复杂的场地进行，如树林、迷宫等；有多人参加，一人扮演"野兔"，其余人扮演"猎犬"。野兔一边跑，一边在跑过的路线上撒纸屑，当作"野兔的气味"引猎犬来追。猎犬中必须有一人在野兔到达终点之前将其捕获，由捕获野兔者指定下一只野兔；若野兔先到达终点，则算野兔获胜，由野兔来指定下一只野兔。

彼得问:“谁参加？”

“文法学校[②]的学生。珀科斯觉得,‘野兔’一开始应该会沿着铁路线走。咱们从路堑那过去吧,那儿看得特别远。”

大家发现,聊“纸屑追人”游戏,确实比聊燕子的文化水平更有意思。贝贝当初也希望是这样。第二天早上,妈妈让他们拿上午饭,出去一天,专门看“纸屑追人”。

彼得说:“咱们要是走路堑,就一定得看看工人干活儿,哪怕错过了追人！”

当然,那次严重的山体滑坡之后,人们花了点儿时间,才把埋着铁路的石头呀,土呀,树呀,全都清理干净。您还记得,就是那一次,三个孩子挥舞着法兰绒衬裙做的六面小红旗,救了一列火车,避免了一场灾难。看人们干活儿总是很好玩儿,特别是他们手里是那么好玩儿的工具——铲子呀,镐呀,锹呀,板子呀,推车呀——推车里有铁罐子,罐子上有圆孔,里面装着红红的炭火。工地上,晚上还要挂上红灯。当然,孩子们从来不在晚上出去。不过有一天傍晚,彼得从自己卧室的天窗钻出去,来到了屋顶上,他看见有一盏红灯,在远远的路堑边缘闪烁。三个孩子经常下山去看工地,这一天呢,镐头、铲子、铁锹、还有沿着木板推来推去的车子,完全把孩子们吸引住了,“纸屑追人”游戏早就忘到九霄云外去了。就在此时,众人身后响起一个气喘吁吁的声音:“不好意思,借过一下！”着实把他们吓了一跳。来者正是“野兔”——是个骨架宽大、四肢松松垮垮的男孩子,前额让汗湿透了,黑色的头发紧

② 文法学校(Grammar School):英国的一种学校,最早用来培养拉丁语人才,后来招收各种优秀学生,年龄一般在 11 ~ 18 岁,作用类似我国的重点中学。原文首字母大写,指一所特定的文法学校,根据下文情节推断,应该位于诺森伯兰郡的“少女桥”。

贴在上面。胳膊底下夹着碎纸包，用一条带子挎在肩上。三个孩子往后站，野兔也就沿着路跑了下去，工人们都拄着镐头看他。野兔的脚步很稳当，没多久，就在隧道口消失了。

锅炉工说："这么跑，可违反规章啊。"

最老的工人说："担心啥？我老说，与人方便，自己方便。贝茨先生，你自个儿不是也当过小伙子么！"

锅炉工说："我该举报他。"

"我老说，为啥不让人找找乐子呢？"

锅炉工还是犹犹豫豫，嘟囔道："乘客不管以什么借口，都不许穿越铁道。"

有个工人说："他可不是乘客。"

第二个说："他也没穿越铁道。"

第三个说："他也没以啥借口。"

老工人说："还有，咱们也瞅不着他了。我老是说，眼不见，心不烦。"

这时候，猎犬也沿着星星点点的白色纸屑，追踪着野兔来到了。"猎犬"一共有三十个人，全都沿着像梯子一样陡峭的台阶走了下来，有的"猎犬"单个儿行动，有的三三两两，有的六七个人一起。贝贝、菲丽斯、彼得看着"猎犬"们过去，把他们挨个儿数了一遍。最前面几个人在"梯子"脚下犹豫了片刻，接着，他们注意到铁路沿线散布的纸屑，就转向了隧道的方向。之后便三三两两的消失在了黑暗的大嘴中。最后一个穿的是红色运动衣，那红色好像渐渐灭掉的蜡烛一般，被黑暗吞没了。

锅炉工说："他们压根儿不知道进去干什么。在暗地里跑，可不那么容易。这隧道里头有两三个拐弯呢。"

彼得问："他们得花不少时间才能过去吧，您觉得？"

“起码一个钟头，我敢肯定。”

彼得说：“那咱们从山顶抄近路过去，看他们从另外一头出来。咱们到那儿，比他们出来肯定早得多。”

众人商议妥当，便出发了。

孩子们爬上了陡峭的台阶，当初他们就是从这台阶上摘野樱花的，给小野兔上坟用。他们来到了路堑顶端，面朝着那座有隧道的小山。这工程可真不容易。

贝贝喘不过气来：“这山，跟阿尔卑斯山一样！”

彼得说：“要么就跟安第斯山一样。”

菲丽斯吸了口气：“就像喜马——什么来着？埃佛乐死（勒斯）峰（珠穆朗玛峰）。咱们可别说了！”彼得喘着说：“别说话了，一分钟你就喘过气来了。”

菲丽斯让步了，没说话——三个人就继续前进，到了草皮光溜、斜坡也比较缓的地方，就跑上一阵；他们爬过小石头，攀着树枝登上大石头，钻过树干和山石之间的窄缝，就这样走呀走，上呀上，最后终于站到了小山顶上，这地方，他们期盼太多次能登上来了！

彼得喊了一声：“停！”整个人就倒在了草地上。小山的最顶上，有一块台地，生着柔软的青草，中间有些山石，长满了苔藓，还有几棵小小的花楸树。

姑娘们也平躺下来。

“时间还多着呢。”彼得喘气，“别人都在山下边。”

大家一直歇到能坐起来四处张望了，贝贝叫道：

“啊！你们看！”

菲丽斯说：“看什么？”

贝贝说：“这景色！”

菲丽斯说：“我讨厌景色。彼得，你讨厌不？”

彼得说："咱们接着走吧。"

"可这又不像坐火车去海边儿看的景色，全是海呀，沙子呀，秃山的。这景色，就好像妈妈一本诗集里头说的，'五彩的各郡[③]'一样！"彼得说："你看，那道水渠，横着跨过山谷，就跟条大蜈蚣似的；还有那些镇子，教堂的塔尖从树中间冒出来，就跟墨水瓶上插的钢笔一样。我觉得，倒不如说更像——

十二座城池闪耀的大旗，
他已经可以看见。[④]

贝贝说："这景色，我太喜欢了！值得爬上来！"

菲丽斯说："纸屑追人，也值得咱们爬上来，要是咱们不把他们跟丢了。咱们接着走吧，都是下坡了。"

彼得说："那句话我十分钟以前就说啦！"

菲丽斯说："那我现在说了！走吧！"

"时间多着呢！"彼得说。也确实不少。因为等到他们下到了隧道口顶上的高度，还是看不见野兔和猎犬。距离跟他们估算的差了几百码，下山的时候，只好贴着山体往下爬。

三个人靠在隧道顶上的矮墙上，菲丽斯说："他们肯定早就出去了！"

---

③ 五彩的各郡：引自英国诗人阿尔弗雷德·爱德华·豪斯曼（Alfred Edward Houseman，1859 ~ 1936）的诗歌《布兰顿山》（*Bredon Hill*）第二节。

④ 两句诗出自19世纪英国诗人托马斯·巴宾顿·麦考利（Thomas Babington Macaulay，1800-1859）长篇叙事诗《桥上的贺雷修斯》。小说中彼得引的这两句诗，来自第22节。这首诗的音节铿锵有力，语言华丽壮美，在19-20世纪初的英国风行一时，被许多学校当作教材；很多人都爱背诵诗中的片段，因此彼得毫不费力就说了出来。但原诗描述的只有大旗，并没有实际的城池。彼得用这两句诗来描述实际的城池，是一种引申。

贝贝说："应该不会。就算他们出去了，这儿也挺好的，看着火车跟巨龙出洞一样，从隧道里头开出来。咱们还从来没在顶上看过哩。"

这么一说，菲丽斯才高兴了一点："还真没有。"

这地方实在太好玩了。隧道顶上跟铁路的距离，看起来，比他们之前想象的要远得多，就好像在桥上似的，只不过这座桥长满了灌木、藤蔓、青草、野花。

菲丽斯每过两分钟就说一遍："我知道，纸屑追人早就没了！"等到彼得倚在矮墙上忽然叫起来的时候，她都不知道自己是高兴还是失望。

彼得喊的是："快看，他这不来了么！"

孩子们都倚在晒得暖暖的砖墙上，正好看见那"野兔"从隧道的阴影中走了出来，脚步十分缓慢。

彼得说："你看吧？我怎么说的？现在等着'猎犬'吧！"

没多久，"猎犬"也出来了——有的单个儿行动，有的三三两两，有的六七个人一起。他们也走得慢慢腾腾，好像是累坏了。大部队过去之后很久，又有两三个落在最后的也出来了。

贝贝说："行了，都出来了——咱们现在干点啥？"

菲丽斯说："咱们去前边那个秃儿丐林子⑤里，把午饭吃了吧。那地方高，他们出去好几英里，咱们都看得见哩。"彼得说："还不行，刚才出来的还不是最后一个。还有个穿红衣服的没出来咧。咱们等最后一个出来吧。"

⑤ 秃儿丐林子（tulgy wood）：菲丽斯说的这个词，来自英国儿童文学家刘易斯·卡罗尔（Lewis Carroll，1832-1898）童话《爱丽丝漫游镜中世界》里面一首诗的第四节，诗里有大量为幽默而生造的词，tulgy 就是其中之一。原文拼写稍有不同，是 tulgey，大意为"茂密的、黑暗的"。

可是他们等啊，等啊，等啊，那个穿红衣服的孩子还是没出现。

菲丽斯说："哎，先吃中午饭呗。我太饿，肚子都疼了。那个红衣服肯定是跟别人一块儿出来了，你们就是没看见——"

但贝贝和彼得都确定，他没跟着别人一起出来。

彼得说："咱们下去，上隧道口里头去吧。这样兴许就能看见他从里头过来了。我猜，他觉得头晕，正在检修孔里头歇着呢。贝，你待在上边看着，我到了下边，等我一打手势，你就下来。这地方树太多了，要是咱们一块儿下来，他出来的时候，咱们兴许就见不着他呢。"

说着彼得和菲丽斯爬了下去，贝贝等到俩人在下边铁轨上冲她打手势了，也顺着弯弯曲曲的小路，深一脚浅一脚走了下去。小路很滑，周围都是树根和苔藓，最后从两棵山茱萸树中间走了出来，跟铁道上的俩人会合了。然而，还是看不见"红衣猎犬"的影子。

菲丽斯一声哀鸣："哎呀，咱们真的、真的得吃点儿东西啦！你们再不吃东西，我就饿死了，你们就难过了！"

"看在老天爷分上，把三明治给她，把她那笨嘴给堵上！"彼得口气倒不是那么凶。他转向贝贝又加了一句，"咱们最好也一人来一块。咱们可能得把力气都用光了。不过一人一块就好，没时间了。"

"啥？"贝贝嘴已经塞满了，她也跟菲丽斯一般饿。

彼得的回答充满智慧："你不明白？那个'红衣猎犬'出事了——肯定的！没准儿咱们说话这会儿，他就倒在地下，脑袋搁在铁轨上，哪一列快车经过，他都是毫无反抗的猎物……"

"哎呀，别跟书上似的说话！"贝贝三口两口把余下的三明治吞了，喊道："快走吧！菲尔，跟紧了我，要是有火车来了，就紧贴着隧道的墙站着，把衬裙紧紧拢在身上！"

菲丽斯恳求："再给我一块三明治，我就听你的。"

彼得说："我打头！这是我出的主意嘛。"他就走了。

你一定知道，走进隧道里头是什么感觉吧？火车头尖叫一声，然后火车那铿锵作响的奔驰声音就忽然变了，变得特别不一样，也响得多了。大人们把窗户拉起来，拽着带子，不让窗户落下。车厢忽然变成了黑夜——当然还有灯光，除非您坐的是本地的慢车，不一定有灯。然后，车窗外的黑暗，慢慢染上了云一样的白烟，然后隧道墙上现出一道蓝光⑥，然后火车的奔驰声又一变，你就又来到了美妙的露天世界，大人们也放下了窗户带子。每一扇车窗都被隧道中的黄色气息晕染得十分暗淡，这时也"咔哒"一声，落回了原位，你也再一次看到了铁路旁电报线的"波谷"和挂钩，还有那修建得整整齐齐的山楂树篱，每过三十码，就有小小的树苗长出来。

当然，这些都是你坐着火车感觉到的隧道模样。可是，凭自己两只脚走进隧道，一切就都大相径庭了。踏上高低不平的湿滑石头和沙砾，走上那条铁轨和墙壁之间的小路（闪亮的铁轨一边高，墙壁一边低），你就会看到，黏黏的小水流，沿着隧道内部淌下去，还能看见砖墙跟隧道口的颜色不一样了，不是红色，也不是棕色，而是又呆板、又黏糊、又难看的绿色。你说话的声音，也跟阳光之下完全不一样了，而这个时候，离隧道很暗的地方还有好长一段路呢。

还没有走到很暗的地方，菲丽斯就抓住贝贝的裙子，把半码长的碎褶子撕裂了，可当时谁也没注意。

菲丽斯说："我想回去，我不喜欢这儿。再走一分钟就全黑了，我可不往黑的地方去！不管你说什么，我就是不去！"

⑥ 一道蓝光：距离隧道口比较远的地方，铁轨反射的阳光是冷冷的幽蓝色；接近隧道口的时候，阳光更加强烈，反射的阳光就变成暖色了。

彼得说："你别当傻布谷鸟了！我还有个蜡烛头，有火柴，还有——那个是什么？"

"那个"是一种铁路线上的嗡嗡声，很低沉，旁边的电线也颤动起来；他们听着，嗡嗡嘤嘤的声音就变得越来越大。

贝贝说："火车！"

"哪条线？"

"我要回去！"菲丽斯叫着，贝贝原来抓着她一只手，她拼命想要挣脱。

贝贝说："别当胆小鬼！安全得很，往后站！"

"来！"彼得在前边几码的地方大喊，"快！检修孔！"

奔来的火车，咆哮声更大了。你把脑袋埋在浴缸的水里，让两个龙头都放着水，听见的噪音没有这么大；用高跟鞋猛踢浴缸包着锡的两侧，噪音也不会有这么大。可是彼得用尽全身力气大叫，贝贝听到了他的声音。贝贝一把将菲丽斯拽进了检修孔。菲丽斯当然也让电线绊了一跤，两条腿都擦伤了。但他们还是把菲丽斯拉了进去，三个人站在黑暗、潮湿、带着拱顶的避难所当中，听着火车的咆哮越来越响，简直把耳朵都要震聋了。远处还能看见那一双着火的眼睛，每一个瞬间，都变得越来越大。

"真是一条龙啊——我早就知道火车是龙——到了暗地里头，就现了原形啦！"菲丽斯喊道，可谁也没有听见她说话。你看到了，火车也在叫喊，火车的声音可比她的声音大多了。

此刻，随着一次呼啸，一声怒吼，一下颤动，一串亮灯的车厢眼花缭乱的闪烁，一阵煤烟的气息，还有一股热风，那火车猛冲而过，叮叮铮铮的声音，在隧道的拱顶中回响。菲丽斯和贝贝紧紧抱在一起，连彼得都抓住了贝贝的胳膊，按他后来的解释，是为了"免得她害怕"。

这会儿，尾灯慢慢地渐渐地，变得越来越小，声音也越来越小。最后嗖的一声，火车开出了隧道，一片沉寂又落在了潮湿的墙壁和滴水的洞顶上。

“啊！”孩子们异口同声，低声感叹。

彼得一只颤颤巍巍的手，把蜡烛头点着了。

他说：“来吧！”这句话，他清了一下嗓子，才能用正常的声音说出来。

菲丽斯说：“啊，要是那个穿红衣服的在铁轨上，可怎么办哪！”

彼得说：“咱们得过去看看。”

菲丽斯说：“咱们不能上车站去，让车站派人瞧瞧么？”

贝贝厉声道：“你愿意在这儿等我们？”当然，她这么一说，就把争执解决了。

三个人向着更深的黑暗里走去。彼得打头，高高举着蜡烛头照路；蜡烛油沿着手指淌了下来，还有几滴落在了袖子上。那天晚上，彼得临睡的时候，发现一条蜡油从手腕一直流到胳膊肘。

从火车开过时藏身的地方开始，他们才走了不到一百五十码，彼得就站定了，喊了一声“哈罗”，又走了起来，脚步比以前快得多了。菲丽斯和贝贝赶上彼得，彼得又站住了。他距离孩子们进了隧道要找的东西，还不到一码远。菲丽斯看见一片红色，两只眼紧紧合上。这里，弯弯的，满布卵石的铁道线旁边，正是那身穿红色运动衣的猎犬。他后背靠着隧道墙，两只胳膊无力地垂在身体两边，闭着眼睛。

菲丽斯上下眼皮挤得更紧了：“那红的是血吗？他是不是死啦？”

彼得说："死了？别胡说！他身上就运动衣是红的，别处红的一点都没有。他只是晕过去了。咱们到底该怎么办？"

贝贝问："咱们能挪动他么？"

"不知道。他块头挺大的。"

"拿水洗洗他脑门怎么样？对——我知道咱们没水，可是牛奶也跟水一般儿湿。咱们有整整一瓶子呢。"

彼得说："对，我记得他们还给人搓手。"

菲丽斯说："还烧羽毛。⑦"

"咱们又没羽毛，说这个有啥用？"

"碰巧了！"菲丽斯一副怒火中烧的胜利口气，"我兜里装了个羽毛球！怎么样！"

彼得搓着红衣男孩的手，贝贝在男孩鼻子底下，一根一根把羽毛球上的羽毛都烧了。菲丽斯把热乎乎的牛奶泼在了男孩脑门上，三个人急切地说着：

"啊，你醒醒呀！跟我说话呀！看在上天的份上，说说话啊！"

---

⑦ 搓手、烧羽毛：都是刺激昏倒者苏醒的办法，是当时英国的习惯，类似中国的掐人中。

第十二章

贝贝带回家的

“啊，抬头看呀！跟我说话呀！看在我面上，说话！”孩子们对着昏迷不醒的红衣猎犬，一遍又一遍说着。猎犬双眼紧闭，苍白的脸贴在隧道墙壁上。

贝贝说：“拿牛奶给他洗洗耳朵，我知道要是有人晕了，他们就这么洗耳朵——用的是古龙水，可我估计牛奶效果也一样。”

孩子们给他洗过了耳朵，有些牛奶沿着他脖子淌下去，流进了红色的运动服。隧道里暗极了，彼得带来的蜡烛头，正放在一块儿平平的石头上燃着，却差不多一点儿亮光都没有。

菲丽斯说：“啊！你倒是抬头看呀！看在我面上！他肯定是死了！”

贝贝重复：“看在我面上！没有，他没死！”

彼得说：“不管看在什么东西面上，给我醒醒！”他摇了摇伤员的胳膊。

这时，红衣男孩吐出一口气，睁开眼睛，又合上了，用极小的声音说：“别摇了。”

菲丽斯说：“啊，他没死！我就知道他没死！”说着就哭了起来。

男孩说：“怎么啦？我没事儿。”

彼得坚决地说："把这个喝了！"把奶瓶嘴塞进了男孩嘴里。男孩挣扎了一下，有些牛奶泼了出来，才腾出嘴说："什么呀这是？"

彼得说："牛奶！休要惊慌，我们是朋友，你得救了！菲尔，别哭哭啼啼的了，赶紧的！"

贝贝轻轻地说："你快喝吧，这个对你好。"

男孩子就喝了。三个人站在一边，谁也不说话。

彼得小声说："让他待一会儿吧，只要牛奶一跟火焰一样流过他的血管，他就没事了。"

的确。

男孩对他们说："我好点儿了。现在我全想起来了。"他想动，可是动的结果只是一声呻吟，"要命！我的腿肯定折了！"

菲丽斯抽了抽鼻子问："你一不小心摔倒啦？"

男孩恼火地说："才没有——我又不是小孩！是那些个该死的电线，有一根把我给绊了一跤，我想爬起来，结果站不住了，只能坐下。哎哟喂！可真是太疼了。你们怎么上这儿来的？"

"我们看见你们都上隧道里头去了，我们就从山上绕过来，打算看着你们都出来。别的人全都出来了，就剩你一个，你没出来。我们是一支救援队！"彼得骄傲地说。

男孩叹道："你们还真够胆大！"

"啊，这不算什么。"彼得谦虚地说，"你觉得，我们扶着你，你能走道儿么？"

男孩说："我试试。"

他试了，却只能一只脚站着，另一只脚只能拖在地上，模样非常难看。

男孩又说："不行！让我坐下。我觉得快死了。放开我——快点放开——”他又躺下，合上了眼睛。三个人就着蜡烛昏暗的光线，你看我，我看你。

彼得说：“这是要闹哪样！”

贝贝赶紧说：“你看，你得去找人啦！上最近的人家去！”

彼得说：“对，现在就这事儿了。来吧。”

“你搬他俩脚，我跟菲尔搬脑袋，咱们可以把他抬到维修孔里头去。”

一切顺利，可能也是因为伤员又昏过去了。

贝贝说：“现在，我陪着他。你们俩拿那个最长的蜡烛头，然后，啊——尽快！这个也烧不了多久。”

彼得犹豫了：“妈妈应该不会让我离开你的。我留下，你跟菲尔走。”

贝贝说：“不行不行！你跟菲尔走，把小刀借我。我趁着他没醒，得把他靴子脱下来。”

彼得说：“但愿咱们做的事儿都没错！”

贝贝不耐烦了：“当然没错！你还想干啥？因为太黑，就把他一个人扔这儿？得了吧，快点，就这！”

俩人连忙走了。

贝贝看着两个人的黑影，还有蜡烛头的微光，有了一种奇怪的感觉，好像世界末日来了一般。她觉得自己现在好像明白修道院里的修女，让人拿砖墙活活砌在里头是什么感觉了[①]。她猛然一阵颤抖。

她说：“别当个白痴小丫头！”要有别人叫她“小丫头”，她总是火冒三丈，就算“小丫头”前边接的不是“白痴”，是“可爱”、

① “修道院里的修女”句：这是历史上天主教会一种苦行或刑罚，刑罚用于叛教的修女或修士，把他们用砌墙的方式长期监禁起来，只留下小窗口用来递送食物。

是“善良”、是“聪明”也一样。她现在生自己的气，只是因为她让诺贝塔用这三个字叫了贝贝。

红衣男孩脚边有一块弄坏了的砖，贝贝把那段小蜡烛头放在了那块破砖上。然后她把彼得的小刀给打开了。这小刀一向很难打开，光是打开，就一般得用个半便士硬币才行。这一次，贝贝不知怎么弄的，竟然用大拇指的指甲就给掰开了。弄伤了指甲，痛得要命。她又割断了男孩的鞋带，把靴子脱了下来。她想把袜子也脱下来，可是那条腿肿得吓人，形状好像也不对头。她就先划开了袜子，动作非常缓慢，非常小心。这只袜子是褐色的编织袜。贝贝想，这是谁织的呢？是不是男孩的妈妈？她会不会担心儿子？要是儿子断了一条腿，让人抬回家来，她的感觉会怎么样呢？贝贝终于把袜子脱了下来，看到那条可怜的腿，她觉得隧道好像变得更暗了，地板摇晃起来，一切都显得不那么真实了。

贝贝自言自语道：“白痴小丫头！”感觉似乎好点了。

她又自言自语道：“这条可怜的腿，应该有个垫子——啊！”

她想起来了，那一天，她和菲丽斯把红色法兰绒衬裙撕开，做成了危险标志，拦住火车，避免了一场事故。她今天穿的法兰绒衬裙是白色的，但是也跟红色的一样柔软。贝贝把衬裙脱了。

她说：“哎呀，法兰绒衬裙这东西，用处可真大！发明这个的人，应该给他送个雕像。”她说的声音很大，因为在这样的黑暗中，好像不管是谁的声音，连她自己的，都算是一种安慰。

“应该送什么？给谁送？”男孩子忽然发问，声音非常微弱。

贝贝说：“啊，你现在好点儿了！咬紧牙，别让腿太疼了，快！”

她把衬裙叠起来，当成一个垫子，抬起他那条伤腿，放在衬裙垫子上。

他一边叫唤，贝贝一边说：“别再晕了，千万别晕了。”她匆匆忙忙用牛奶润湿了手绢，盖在那条可怜的腿上。

“啊，痛！”男孩瑟缩了一下，“啊——没有，不痛——还挺好的，真的。”

贝贝说：“你叫什么名字？”

“吉姆。”

“我叫贝贝。”

“可你不是个女孩吗？”

“对，我全名叫诺贝塔。”

“我说——贝贝。”

“嗯？”

“刚才，你不是跟别人在一块吗？”

“对，彼得跟菲尔，是我弟弟妹妹。他们去找人了，要把你抬出去。”

“多怪的名字，全是男孩名儿。”

“是啊——我希望自己是个男孩子，你呢？”

“我觉得你这样就挺好的。”

“我不是这意思——我是说，你是不是希望你是个男孩子，不过你当然用不着希望。”

“你就跟男孩子一样勇敢。你干嘛不跟他们走？”

贝贝说：“得有人留下来陪你呀。”

吉姆说：“跟你说，贝贝，你真好。握个手吧。”他伸出一只穿着红色运动衣的手，贝贝只是捏了他手一下。

贝贝解释说：“我不握你手了，不然就该摇晃你，摇晃你那条伤腿，可疼了。你有手绢吗？”“应该是没有。”他摸了摸兜，“啊，还真有。干什么用？”

贝贝拿过手绢，用牛奶弄湿了，敷在男孩的额头上。

他说："真好，这是啥？"

贝贝说："牛奶。我们一点水也没有——"

吉姆说："你真是个一级棒的小护士！"

贝贝说："有时候，我给妈妈就这么做。当然不是用牛奶，是用香水，要么就是醋，要么就是水。我说，我得把蜡烛灭了，不然另外一个蜡烛就不够长，没法把你弄出去了。"

他说："天啊，你什么都想到了！"

贝贝吹了口气，蜡烛灭了。你真想不到，那黑色天鹅绒一般的黑暗有多么浓重。

有个声音穿过黑暗说："我说，贝贝，你怕黑吗？"

"不怕——其实，不太怕——"

男孩说："我拉着你的手吧！"能这么做，他可真是太好了，因为就跟大多数这个年纪的男孩子一样，他也讨厌一切身体上的感情表示，比如亲亲、拉手什么的。他管这个叫"动爪子"，嫌恶得不行。

这会儿，贝贝的手握在红衣伤员粗糙的大手当中，感觉那黑暗也不那么可怕了。男孩子握着她那只细腻的、火热的"小爪子"，竟然没有自己当初想的那么介意，让自己也吃了一惊。贝贝努力说话，想要逗他开心，"让他脑子不想"自己的伤痛。可是，一片漆黑当中，想这么一直聊下去实在不容易，没多久，两人就被寂静笼罩了，打破寂静的只是偶尔一句——

"贝贝，你没事吧？"

或者一句——

"吉姆，我怕你太痛了。我真是太担心了。"

还有，这儿也太冷了。

彼得和菲丽斯沿着长长的隧道走下去，向着阳光进发，蜡油滴在彼得手指上。一路上倒是平安无事，除非算上菲丽斯的连衣裙，那裙子挂在电线上了，撕了一个长长的，锯齿形的大口子；算上贝贝鞋带松了，让鞋带绊了一跤；还算上贝贝两只手两个膝盖着地，全都擦伤了。

菲丽斯说："这隧道没边儿了！"确实，看着可真够长的。

彼得说："接着走吧！凡事儿都有个尽头，只要一个劲拼命接着走，这个尽头，就能走到了！"

您要是想想，还真不假。这道理值得您在麻烦的时候记住——比如麻疹啦，代数啦，别人强迫的要求啦，还有您觉得丢脸的时候，感觉以后永远没人爱您，您自己也永远不会——再也不会——爱别人的时候。

彼得突然说："太棒了！隧道到头了！——就跟黑纸上一个针尖戳的洞似的，没错吧？"

针尖戳的洞变大了——隧道两侧洒上了蓝色的光，孩子们看见前方正是那条砾石铺成的路，空气变暖和了，也变香甜了。再走上二十步，就来到了灿烂喜悦的阳光下，两边都是绿树。

菲丽斯深深吸了一口气。

她说："我这辈子，再也不钻隧道了！就算里头有两千万万个猎犬，穿着红衣服，断了腿，我也不进去了！"

彼得跟往常一样说："别傻布谷鸟了，你！你将来非钻不可！"

菲丽斯说："我觉得我真勇敢，真好心！"

彼得说："才不呢。你进去不是因为勇敢，是因为我跟贝贝不是缺德鬼。我寻思，最近的人家在哪儿呢？这儿让树挡着，啥也看不见。"

菲丽斯指着铁道远处说："那边有个屋顶。"

彼得说："那是信号站。你知道，信号员值班的时候，不能跟他说话，这样不对！"

菲丽斯说："我怕钻隧道，可没有那么怕做错事儿！来吧！"她就沿着铁路跑了起来，彼得也跑了起来。

太阳底下热得很，两个孩子跑得浑身发热，上气不接下气，方才停了下来，脑袋往后仰，往上瞧着信号站打开的窗户，用"气喘状态"容许的最大音量，喊了一声："哎！"却没有人应答。信号站静悄悄的，活像个没人的托儿所，孩子们抓着发烫的台阶扶手，悄悄爬上了台阶，往开着的门里边看。信号员坐在一把椅子上，椅子往后斜，靠着墙。他脑袋歪在一边，张着嘴，睡得正熟呢。

彼得大叫一声："我的天！快醒醒！"声音大得吓人。他知道，信号员值班要是睡着了，就得冒丢饭碗的风险，更不用说那些可怕的火车风险——火车都等着信号员告诉自己，往前走安全还是不安全呢！

信号员一动不动，彼得就蹦到他身上，狠命摇晃他。那人终于打着呵欠，伸着懒腰，慢慢醒了过来。可是他刚一醒，就一跃而起，两手放到头上，用菲丽斯后来的话说，"活像个精神分裂的疯子"，大喊：

"啊，老天爷啊——几点了？"

彼得说："十二点十三了！"的确，信号站墙上那个白脸圆挂钟，指向的正是这个时候。

男人看一眼挂钟，扑到那一堆操纵杆跟前，扳了这个扳那个。电铃响起，电线和摇把吱吱嘎嘎，男人便颓然陷入了一把椅子。他脸色惨白，额头上的汗珠，用菲丽斯后来评论的话说，"就像白卷心菜上，大个的露珠一样"。他还浑身发抖，孩子们瞧得见他两只长毛的大手，来回打颤，用彼得后来的话说，“那打颤的幅度都出格”。信号员深吸了几口气，突然叫道：“谢天谢地，谢天谢地你们那时候来了！啊，谢天谢地！”他两肩开始上下起伏，脸又红了，就用两只长毛的大手捂住脸。

菲丽斯说：“啊，别哭啊——别哭啊！现在都没事了。”她拍了拍男人的肩膀，彼得也认认真真在另一边肩膀上捶了一下。

可是，信号员似乎很是崩溃，两个孩子只好又拍又捶，弄了半天，他才找着手绢——红色的，上面有淡紫色和白色的马蹄铁图案——抹了把脸，说起话来。就在这又拍又捶的间隙，有一列火车呼啸而过。

“我真是，丢脸丢到家了，我。”这时大块头信号员不哭了，说的头一句话，“哭哭啼啼，跟个小孩儿似的。”接着他忽然生起气来了：“不管怎么着，你们在这儿干啥呢？你知道外人不让进。”

菲丽斯说：“对，我们知道这是错的——可是我们不怕做错事，结果，就成了对的了。我们来了，你可没后悔。”

“要是你们没来——”信号员停了一下，又说下去，“值班睡觉，真是个丢人的事，真的。要是这个叫人知道了——就算这次没出什么事。”

彼得说：“不会叫人知道。我们不打小报告。可是不管怎么说，你都不该值班的时候睡觉——太危险。”

“说点我不知道的！”信号员说，“可是我也没法子。我清楚睡觉会怎么样，可是我歇不了班。他们根本找不着人替我。我跟你说，我这五天来，十分钟的觉都没睡过。我那小子病了——大夫说是肺炎——就只有我跟他小姐姐，才能照看他，到了这么一个地步。小丫头得睡觉啊。危险？我信了你啦！你想报告，就报告去吧！”

彼得气呼呼地说："我们当然不会！"菲丽斯却只听见了信号员这一堆话的前边七个字，余下的完全没注意。

她说："您想让我们，跟您说点您不知道的。那我就说了。那边隧道里，有个男孩子，穿着红色的运动服，他一条腿折了。"

信号员说："那他上那该死的隧道里头去，是想干啥？"

菲丽斯很客气地说："您别那么凶，我们可什么错事也没做，就是上这儿来，把您给叫醒了。碰巧，这件事还做对了。"

彼得就讲了，那孩子是怎么到隧道里边来的。

男人说："哼，我有啥能干的？这信号站我又出不去。"

菲丽斯说："可是，您可以告诉我们，上哪儿能找着个人，不在信号站里头。"

"布莱奇登家的农场就在那边——看见了树林子中间冒烟的地方，就是。"菲丽斯注意到，男人脾气越来越坏了。

彼得说："好吧，那，回头见啦。"

男人却说："等一下！"他伸进口袋里，掏出点儿钱来——有不少便士，一两个先令跟六便士，还有一枚'半金镑'硬币。他把两个先令挑出来，递给孩子们。

他说："给，这个给你们，今天的事儿，你们就别说出去了。"

一阵短促而不快的沉默。然后——

菲丽斯说："可您这人真差劲，没错吧？"

彼得上前一步，从下往上打了那人的手一下，两个先令飞出来，掉在地上乱滚。

彼得说："要是有啥真能让我说出去，这个就行！菲尔，咱们走！"他涨红着脸，迈大步出了信号站。

菲丽斯犹豫了一下。然后她握住了信号员的手，那只拿过两先令的手，还傻了吧唧地伸着。

她说："就算彼得不原谅您，我也原谅您。您现在脑子不清楚，不然也不会做出这种事来。我知道人要是缺了觉会疯掉的。妈妈跟我说过。祝您的小儿子早点好起来，还有——"

彼得着急地喊："菲尔，你出来啊！"

菲丽斯说："我用名誉向您担保，我们永远不会说出去。咱们亲亲，做好朋友吧！"她觉得，别人吵架，没自己的责任，自己还能劝架，是多光荣的一件事！

信号员弯下腰来，亲了她一下。

信号员说："小闺女，我也肯定，我脑子是有点搭错线了。快点回家，找妈妈去吧。我不是故意要把你们留这儿的。去吧。"

菲尔就离开了闷热的信号站，跟着彼得，穿过田野向农场走去。

等到农夫们让彼得和菲丽斯领着，抬着一块栏板，上面盖着马鞍毯，赶到隧道里的检修孔，贝贝已经沉沉睡过去了，吉姆也睡了。后来，大夫说，是因为受了伤，过度疲劳的缘故。

众人把吉姆抬上栏板，农场的管家问："他住什么地方？"

贝贝回答："住诺森伯兰。"

吉姆说："我在'少女桥'上学。我觉得，应该得回那儿去。"

管家说："我看哪，还是让大夫先来看看吧。"

贝贝说："啊，把他送到我们家去吧。离大道才几步路。妈妈肯定会说，我们应该送他去。"

"断了腿的人，你不认识，就往家里带，你妈妈愿意么？"

贝贝说："她自己把那个可怜的俄国人带回家的。我知道，她肯定会说，我们应该让他去。"

管家说："好吧，你应该知道你妈妈怎么想的。我要是把他带回我家去，可得先问问我媳妇，不然这个责，我可当不起。他们还叫我主人呢！②”

吉姆低声道：“你确定，你妈妈不会介意？”

贝贝说：“一定的。”

管家说：“那咱们就把他送去三烟囱？”

彼得说：“当然！”

“那我的伙计就骑车，赶紧给大夫报信去，告诉他赶紧过来！小伙子们，把他给抬起来！手要轻，要稳，一，二，三！”

此时，妈妈正在拼命写个不停，写的故事里面，有一个公爵夫人，一个狡猾的坏蛋，一条密道，一份失踪的遗嘱。这时候，妈妈作坊的门，砰的一声开了，妈妈吓得钢笔都掉了，扭头一看，贝贝跑得满脸通红，帽子也不见了。

贝贝喊：“啊，妈妈，您快下来！我们在隧道里头，找着了一个猎犬，穿着红色运动服，他一条腿断了，他们要把他带回咱们家来！”

妈妈不安地皱了下眉：“他们应该带他看兽医去。我真没法收留个瘸腿狗。”

贝贝又笑又咳嗽，间隙中挤出几个字来：“他不是狗，真的——他是个小男孩。”

“那他应该回家找妈妈。”

贝贝说：“他妈妈死了，爸爸在诺森伯兰呢。妈妈呀，您会对

② 他们还叫我主人呢：这句是管家的自嘲，因为他虽然在名义上是主人，但遇见大事还必须征得妻子同意。

他好吧？我跟他说了，您肯定想让我们把他领家来。您总是想帮大伙儿的忙。”

妈妈笑了，却又叹了口气。自己的孩子相信自己，愿意敞开屋门，敞开心扉，欢迎一切需要帮助的人，诚然是好事；但他们凭信念做事，有时候也实在让人难堪。

妈妈说：“嗯，好吧，那就尽力吧。”

吉姆让人抬了进来，脸色惨白，嘴唇僵硬，嘴唇原先的红色已经变成了可怕的蓝紫色。妈妈说：“幸亏你们把他送来了。吉姆，现在趁大夫还没来，咱们先把你在床上安顿好了！”

吉姆望着妈妈善良的眼睛，感觉一阵小小的暖流涌过全身，带来了新的勇气。

他说：“会很痛的吧？我不想做胆小鬼。我要是再昏过去，您不会觉得，我是胆小鬼吧？我真的、绝对、不是故意要昏过去的。我真不愿意，给您这么大的麻烦。”

妈妈说：“你就别担心啦！可怜的小家伙，有麻烦的是你——不是我们！”

妈妈亲了一下吉姆，就好像亲彼得一样。“你来这儿，我们高兴得很——是不是，贝贝？”

贝贝说：“是呀！”她从妈妈脸上看出来了，把受伤的红衣猎犬接回家，这个决定太对了。

第十三章

猎犬的祖父

整整一天，妈妈都没有再回去写东西，要把孩子们带回三烟囱的“红衣猎犬”在床上安顿好。然后，大夫来了，大夫给他的疼痛也是最吓人的。妈妈从头到尾都陪着他，有妈妈在，吉姆感觉稍微好了一点儿，但是，用温妮太太的话说，“不太好就是最好。”孩子们坐在楼下的门廊上，听着大夫靴子的声音，在卧室地板上走来走去。呻吟也响起了一两回。

贝贝说：“真可怕，哎呀，真希望弗罗斯特大夫能快点儿。唉，吉姆真可怜！”

彼得说：“是挺可怕的，不过，也蛮刺激的嘛！我希望大夫干活的时候，不至于那么关心屋里的病人是谁。我最最想看的，应该就是大夫给人接腿啦。我相信，骨头跟别的东西一样，也会吱吱嘎嘎响咧。”

“不要啊！”两个女孩子一块说。

彼得说：“呸！你们回家路上不是说，想当红十字会的护士嘛。连听我说骨头吱吱嘎嘎响，你们都受不了，这样还怎么当护士？你们上了战场，那就非听着骨头那么响不可——还十有八九会泡在血里头，让血一直淹到胳膊肘，还——”

“别说了！”贝贝脸都白了，“你都不知道，你说的话让我有多难受呢！”

“我也是！”菲丽斯脸色绯红。

彼得说：“一帮胆小鬼！”

贝贝说：“我可不是。那次你一只脚让耙子给扎伤了，我还帮妈妈照顾你呢。菲尔也照顾你来着——你又不是不知道。”

彼得说：“那好吧！你瞧，要是我每天都跟你说上半个小时，专门讲断了的骨头，讲人的肚子里边，那可是天大的好事，能让你习惯嘛。”

楼上，一把椅子挪动了。

彼得说：“听啊，这就是骨头吱吱嘎嘎响。”

菲丽斯说：“我真希望你别再说了。贝贝不喜欢。”

彼得说：“我告诉你，他们怎么弄。”彼得是怎么变得这么吓人的，我还真不知道。兴许是因为他今天之前一直非常和蔼可亲，现在就必须变个样子了。这叫“物极必反”。谁都能偶尔发现自己这样。有时候，人要是超级友善，维持的时间比平时还久，就会突然剧烈发作，变得一点儿也不友善了。“我告诉你，他们怎么弄。”他们把断了骨头的人，拿带子给捆上，这样他就反抗不了，也干预不了那些大夫的治疗方案了。然后就上来两人，一个按他脑袋，一个按腿，就是那条断腿，然后使劲拽，拽到骨头复了位——别忘了，得嘎吱来一下子！然后就用带子绑好了——嘿，咱们玩正骨吧！

菲丽斯说：“不要啊！”

贝贝却忽然说：“好啊，玩吧！我当大夫，菲尔当护士，你就当骨折的，你没穿衬裙嘛，我们给你治腿更容易啊！”

彼得说："我拿夹板，拿绷带，你把那个'难受床'预备好。"

之前搬家的时候，捆箱子用的绳子，如今都装在地窖一个木头运货箱子里头。彼得把乱糟糟的一堆绳子拖进了屋，还拿来两块夹板。菲丽斯咯咯直笑，兴致很高。

彼得说："好啦。"就卧在了长靠椅上，用最痛苦的调子呻吟起来。

"别那么大声！"贝贝动手把绳子绕在彼得跟长靠椅上，"菲尔，你拽绳子。"

彼得呻吟："别那么紧！你非把我另一条腿也弄折了！"

贝贝一声不吭，接着动手，绳子在彼得身上绕得越来越多。

彼得说："你够了！我一点儿也动不了啦。哎，我这条可怜的腿！"他又叫唤了一声。

"你确定你动不了啦？"贝贝的声音很怪。

"确定以及肯定。"彼得回答，又高高兴兴地问，"咱们假装大出血么？"

贝贝严厉地说："你假装怎么着都行。"她抱着胳膊，低头瞧着彼得，瞧他躺在长椅上，身上缠满了绳子，"我跟菲尔，这就走。这绳子就不帮你解开了，直到你跟我们保证，永远永远不再跟我们说血呀伤口的，除非我们让你说。菲尔，走吧！"

彼得拼命扭："你这个野东西！我永远不做保证，永远不做！我喊人了，我一喊妈妈就过来！"

贝贝说："你喊呀，告诉妈妈，我们为什么要绑你！菲尔，咱们走！另外我告诉你，彼得，我不是野东西。可是我们当初让你别说了，你偏要说，还——"

彼得说："哼，连这主意都不是你自个儿想的，你这是要心眼！"

贝贝和菲尔一言不发，威严地告退了。走到门口，正好遇上大夫。大夫搓着手进来，神色很是自得。

他说："哎，这活儿，总算是完了。骨折的创口很干净，我肯定，恢复得也会不错。这小伙子也够坚强的——哈罗？这是怎么搞的？"

他的目光落在了彼得身上，彼得浑身绑绳，一动不动。

大夫说："这是玩抓犯人游戏呢？"眉毛却往上扬了扬。他没想到，楼上有人接骨，楼下贝贝却会闹着玩。

贝贝说："啊，不是！不是玩抓犯人游戏。我们玩的是正骨游戏。彼得扮骨折的，我扮大夫。"

大夫皱眉。

"那我就得说了，"大夫的口气相当严厉，"这游戏太没心没肺了。现在楼上出的事，你们连朦朦胧胧设想一下的想象力都没有吗？那个可怜的孩子，额头上全是汗珠，使劲咬着嘴唇，为了不哭出来，只要一碰他的腿，就痛得要死啊！还有——"

菲丽斯（冲着彼得）说："你应该叫人捆起来啊！你坏得就跟——"

"嘘！"贝贝转向大夫说，"我很抱歉，可我们真不是没心没肺。"

彼得愤愤地说："我估计，我就是没心没肺。行了，贝贝，你别当好人，袒护我，我说什么也不让你袒护。只是因为我，老是说流血啊伤口的！我想培训她们当红十字护士。她们让我别说了，我还是接着说。"

弗罗斯特大夫坐下："所以？"

"啊，所以——后来我就说，'咱们玩正骨游戏吧。'我纯属瞎说八道，我知道贝贝肯定不玩，我那么说，只是为了逗她。然后她就说‘好啊’，我当然就得玩啦，她们就把我捆上了。她们那是耍心眼，我觉得，这下子丢脸可丢大了。”

彼得想办法扭过身子，把脸贴在木头椅背上。

“我当时以为这件事就我们知道，别人谁也不知道呢。”贝贝气呼呼地回答彼得没有说出的指责，“我一直没想过您会进来。听他说流血啊伤口啊，真的真的让我最最难受了。我们把他捆起来，只是闹着玩！彼得，我给你解开吧。”

彼得说：“你就算永远不给我解开，我也无所谓。还有，那么闹着玩，要是你的主意的话——”

大夫真不清楚应该说什么，但还是说道：“如果我是你，应该趁你妈妈还没下来，赶紧让人把绳子给解开。你现在不想让她担心，没错吧？”

贝贝和菲丽斯就动手给他解开绳结。彼得用极粗暴的口气说：“听好了，我可不保证，不跟你们说伤口的事！”

贝贝摸索着长椅下边的大绳结，凑近了彼得，低声道：“彼得，真对不起。可你应该知道，你当时让我多恶心。”

彼得回击：“我告诉你吧，你还让我特恶心咧！”然后挣脱了松松的绳套，站了起来。

大夫说：“我上这儿来，是看看你们谁能跟我来一趟外科诊所。有些东西，你妈妈急着要，我今天又让助手放假，看马戏表演去了。彼得，你来不？”

彼得跟着大夫走了，没说一句话，也没看姐姐妹妹一眼。

两个人默默地走到了大门跟前，大门这一边是三烟囱的田野，那一边就是大路了。彼得说：

“我说，您的包，我帮您拎着吧。挺沉的——里边装的什么？”

“哦，小刀、柳叶刀，还有各种各样的物件，都是伤人用的。

还有乙醚瓶子。我得给他用乙醚，你知道——疼痛实在是太厉害了。”

彼得不说话。

弗罗斯特大夫说：“你怎么找着那孩子的，跟我从头到尾说一说。”

彼得就说了。弗罗斯特大夫又给他讲了一些勇敢的救人故事。他果然是“最好玩的聊友”，跟彼得经常感叹的一样。

到了外科诊所，彼得有了一个前所未有的机会，仔细看过了大夫的杆秤、显微镜、天平、量杯。等彼得把要拿回去的东西都预备好了，大夫忽然说：

“我有点‘听风就是雨’[①]，你不介意吧？不过我想跟你说几句话。”

彼得想：“这下可要挨雷了！[②]”他一直奇怪，刚才大夫怎么放了自己一马呢？

大夫又加了一句：“说一点科学的事。”

大夫有一块菊石的化石，是拿来当镇纸的。彼得玩着化石说：“嗯。”

“那，你知道，男孩子跟女孩子，都只是没长大的男人和女人。而且，我们比他们要坚硬得多，也坚强得多——”（彼得很喜欢“我们”两个字，大夫兴许知道他会喜欢）——“也壮实得多，

---

① 听风就是雨：这是一个双关语的处理。“听风就是雨”原文 shoving myoar in，直译“把我的桨插进来”，意思是“管别人的闲事”。

② “这下可要挨雷了”原文 Now for a rowing，直译“现在该划船了”，但此处 row 在英式英语中意为动词“训斥”。大夫的话和彼得的想法，字面上都与划船有关，是一个文字游戏，中文也作相应处理。后面彼得纳闷的是，大夫为什么之前没有当着菲丽斯和贝贝的面训他（从而使他逃过了挨训），到了诊所跟他独处时才开始训他；因为大人责备孩子一般是不会等太久的。

有些东西会伤着她们，但不会伤着我们。你知道，绝对不能打女孩子——”

彼得没好气地说：“真的，我连想都不该这么想的！”

“就算是你亲姐妹也不行。[3]因为你知道，女孩子身体上比我们要柔软得多，也弱得多。她们这样是很必要的。”大夫又加了一句，“要是不这样，对婴儿就不好了。所以不管什么动物，对当母亲的动物都特别好，从来不跟她们打架。”

彼得有兴趣了：“我知道，两个公兔子，要是没人管，可以打上一整天。可公兔子从来不伤害母兔子。”

“不会。还有更凶猛的野兽，比如狮子、大象，对母兽也特别温柔。我们也应该这样。”

彼得说：“我懂了。”

大夫接着说：“女孩子的心也很软。这样呢，那些严重伤害她们的想法，我们千万不要有。所以男人一定要非常小心，不光小心自己的拳头，还要小心自己的话。女人是非常、非常勇敢的。”他接着说，“你想想，贝贝在隧道里头一个人等着，陪着那可怜的孩子。奇怪吧——女人更柔软，更容易受伤，她却因此更会强迫自己，去完成必须完成的任务。我见过一些勇敢的女性——你妈妈就是一个。”他的话突然停住了。

彼得说：“是啊。”

“好，就这些了。抱歉跟你说了这么多。可事情总得有人说，别人才知道。你知道我什么意思了吧？”

彼得说：“知道了。对不起。真的！”

---

③ 彼得跟自己的姐妹朝夕相处，因此有时候讨厌自己的姐妹，更甚于别的女孩子。大夫不是按“亲疏远近”的标准来劝彼得，而是按“反感程度”的标准来劝彼得。

“你当然知道！人们总是这样——直接明白。大家都应该知道这些科学道理。再见吧！”

两个人真心真意地握了手。彼得回到家，贝贝和菲丽斯疑惑地瞅着他。

“咱们不闹了！”彼得“咚”一声，把篮子顿到桌子上，“弗罗斯特大夫一直在跟我讲科学呢。没用，我跟你们说了也没用，你们明白不了。可是他说的，都是你们女孩子，怎么可怜、软弱、胆小，就跟兔子似的。我们男的，就只能忍着她们啰。他说你们都是母的野兽咧。应该让我上楼跟妈妈说说这个，还是你们说？”

菲丽斯脸涨得通红：“我知道男孩子是什么东西！他们是最讨厌、最没礼貌——”

贝贝说：“他们也很勇敢的，有时候。”

“啊，你是说楼上那小伙子？我知道了。菲尔，你接着说呀——不管你说什么，我都会忍着你，因为你又可怜，又脆弱，又胆小，又软——”

“我揪揪你头发，你就不忍着了！”菲丽斯要扑过去。

贝贝把菲丽斯拉开：“他说了‘不闹了’。”彼得提起篮子，昂首阔步出了屋子，贝贝就小声说：“你没看见，他真的很抱歉，只是不会说吗？咱们说抱歉吧。”

菲丽斯犹犹豫豫：“这样多‘假慈悲’呀！他说我们是母的野兽，又软，又胆小……”

贝贝说：“那咱们就让他瞧瞧，就算他觉得我们假慈悲，我们也不怕！我们是野兽，他也是，我们也不比他更像！”

彼得回来了，下巴还是扬得高高的。贝贝说：“彼得，把你捆起来，我们很抱歉。”

彼得口气硬生生的，盛气凌人：“我就知道你们会抱歉！”

这句话听了，让人挺受不了，但是——

贝贝说："好吧，我们确实抱歉。咱们就算两边扯平了吧。"

彼得口气很受伤："我不是说了，不闹了。"

贝贝说："那咱们就不闹了。来吧，菲尔，把茶预备好了。彼得，你来铺桌布怎么样？"

一直到喝完了茶，三个人洗杯子的时候，才真正讲和了。菲丽斯说："我说，弗罗斯特大夫没真说我们是母的野兽吧？"

彼得很坚决："他真的说了！不过我觉得，他意思是说，我们男的也是野兽。"

菲丽斯说："他可真好玩！"说着，不小心把一个杯子打破了。

"妈妈，我能进来么？"彼得站在妈妈书房门口，妈妈坐在桌边，面前摆着两根蜡烛。此时，明净的蓝灰色天空上，已经有几颗星星眨着眼睛，烛火映衬着这一片天空，发出橙色和紫色的光。

妈妈心不在焉地说："亲爱的，进来吧。怎么了？"她又写了几个词，就放下钢笔，把刚写的一份东西叠了起来，"我正给吉姆的祖父写信呢。你知道，他就住这附近。"

"对，喝茶的时候您说了。我想说的也是这个。妈妈，您一定得给他写信么？咱们不能把吉姆留下，等他好了，才跟家里人说吗？那样该给他们多大一个惊喜啊。"

妈妈笑了："啊，好吧。应该是个惊喜。"

彼得接着说："您瞧，姑娘们当然是挺好的，什么都好——我不是说她们不好。可是，要是再有一个小伙子，能让我跟他聊聊，那就太好了。"

妈妈说："是啊，亲爱的，我知道这样你过得没劲。可是我也没办法呀！明年兴许我就能送你上学去了——你喜欢上学对吧？"

彼得承认："我确实挺想别的小伙子的，特别想。可是要是吉姆能留下，一直待到腿好了，我们肯定就开心死了！"

妈妈说："我相信一定会的。嗯——应该可以让他留下，可是，亲爱的，你也知道，咱家没钱。他肯定需要不少东西，我没法都给他买，而且他还得请个护士。"

"妈妈，您不能当他的护士么？您护理别人可好了。"

"彼得，谢谢你的夸奖。可是我不能一边写作一边护理他，这是最糟糕的问题。"

"那您就非得给他祖父写信了？"

"当然，还得给他校长写信。我们给他们俩都发了电报，可是信也得写。他们一定担心得要死了。"

彼得提议："我说，妈妈，为什么不能让他祖父请个护士来呢？那一定超级棒。我估计那老爷子肯定特别有钱。书上的老祖父都有钱。"

妈妈说："哎，这个老祖父不是书上的，咱们不能指望他有钱啊。"

"我想，"彼得沉思着说："咱们假如都是在一本书里头，这本书还是您写的，那该有多快乐呀！这样您就可以写出来各种各样的高兴事，让吉姆的腿马上好，明天就没问题了，还让爸爸赶紧回家，还让——"

"你很想你爸爸？"妈妈问。彼得觉得妈妈的口气特别冷。

彼得就说了三个字："特别想。"

妈妈把第二封信装进信封里，写好地址。

"您瞧，"彼得慢慢接着说："您瞧，不光是因为他自己是我爸爸，而且他现在不在家，家里除了我，就没有别的男的了，所以我才那么想让吉姆留下。妈妈，要是能让现在变成一本书，我们都在书里边，能让爸爸快点回来，您难道不愿意吗？”

妈妈忽然用一只胳膊抱住彼得，搂住他，静静地过了一分钟。然后才说：“要是想象咱们都在一本书里，这本书是上天写的，你不觉得这么想很好么？要是这本书让我写，我可能会有错误，可上天却知道，怎么让这故事有个好结局——对我们最好的结局。”

彼得小声问：“妈妈，你真相信么？”

“相信。我真的相信——差不多一直相信——除非有时候实在太难过了，什么都没法相信。可是，就算在我不相信的时候，我也知道这是真的——我也努力相信。彼得，你不知道我是怎么努力的。来，把这封信送到邮局去吧，咱们再也不要难过了。勇气，勇气呀！这是一切美德中最宝贵的美德！我敢说，吉姆还得再在这儿待上两三个星期。”

之后，彼得这一晚上都善良得跟天使一样，贝贝担心他要得病了。第二天，贝贝发现彼得又恢复了老样子，把菲丽斯的头发在她椅子后边编成辫子，才松了一口气。

刚吃完早饭不一会儿，孩子们正拼命擦着黄铜的烛台，迎接吉姆的来访，这时候，有人敲门。

妈妈说：“大夫来了。我去接他吧。把厨房门关上，现在他不适合见你们。”

但却不是大夫。孩子们一听来人说话，一听靴子上楼的声音，就知道不是大夫了。靴子的声音倒是认不出来，但人人都肯定，这声音以前听过。

然后待了很久一会儿。靴子和说话声都没有再下来。

“会是谁呢？”三个人不停地问自己，互相问。

最后彼得说："兴许吧，弗罗斯特大夫让土匪给劫了，土匪扔下他等死，大夫给来的这个人拍了电报，让这个人来替他。维妮太太说过，大夫要是度假去，就有个当地的佃户来帮他干活儿。维妮太太，您说过吧？"

维妮太太在后边厨房里说："我说过，亲爱的。"

菲丽斯说："他最可能是突然犯了病，晕倒了，别人尽了全力，也没救活。这个人就是来给妈妈报信的。"

彼得马上说："瞎说！妈妈不可能把那个人带上楼，让他进了吉姆的屋子。她凭什么这么做呢？听，门开了。他们要下来了。我把门开一条缝。"

彼得就把门开了一条缝。

贝贝做了点儿恶语中伤的评论。对此，彼得愤愤地反驳道："这不是偷听！哪个精神正常的人会在楼梯上谈秘密的事？还有，你说那是弗罗斯特大夫的马夫。妈妈跟大夫的马夫有什么秘密可讲的？"妈妈的声音喊："贝贝！"

三个孩子打开厨房门，妈妈倚在楼梯栏杆上。

她说："吉姆的祖父来了。你们洗脸洗手，洗完了就能见他了。他想见你们！"卧室门又关上了。

彼得说："得！咱们真了不起，怎么连这个都没想到？维尼太太，麻烦您给我们弄点热水来，我跟您的帽子一般黑了。"

三个人确实很脏，因为用来擦黄铜烛台的东西，对干活儿的人来说，实在称不上干净。

孩子们还在忙着摆弄肥皂和法兰绒，就听见靴子声和说话声从楼梯上下来，到了餐厅里面。等到孩子们弄干净了（尽管还湿乎乎的）——因为把手擦干，得花上不少工夫，而且他们急着要见吉姆的祖父，都不耐烦了——他们就一个接一个进了餐厅。

妈妈坐在靠窗户的座位上。搬家以前，爸爸总爱坐的那把包着皮革的扶手椅上坐的是——

他们的老先生！

彼得还没说“您好”，就来了一句：“啊，我可真没有……”后来他解释说，自己太吃惊了，都不记得有“礼貌”这回事了，就别提表现得礼貌了。

菲丽斯说：“是我们的老先生！”

贝贝说：“啊，是您啊！”然后他们想起自己是谁了，也想起了礼貌，这才客客气气地说了“您好”。

妈妈说：“这就是吉姆的祖父，XX 先生。”她说了老先生的名字。

彼得说：“太棒了！妈妈，这不就跟书上一模一样吗？”

妈妈说：“真是一样啊。有时候，生活当中，就是会有些事情，跟书上很像的。”

菲丽斯说：“我实在是太高兴了，原来是您！我想着，世上一定有一大堆老先生呢——差不多是谁都有可能呀！”

彼得说：“不过，我想说，您不是要把吉姆带走，是吧？”

老先生说：“不是现在。你们的妈妈非常热心，同意让他留下了。我想过要往这儿派个护士，不过，你妈妈实在是个好人，说她会自己护理吉姆。”

彼得说：“可她写作的事呢？”谁都没来得及阻止他说这句话，“要是妈妈不写作，吉姆就一点吃的都没有了。”

妈妈赶紧说：“啊，那个，没事的。”

老先生看着妈妈，非常感动。

老先生说：“我明白了。您相信您的孩子，跟他们无话不谈。”

妈妈说：“当然是这样。”

老先生说：“那我就把我们小小的安排告诉他们吧。亲爱的孩子们，你的妈妈已经同意停止写作一段时间，来当我医院的护士长了。”

菲丽斯茫然地说：“啊！那我们是必须离开三烟囱，离开铁路，什么都离开吗？”

妈妈连忙说：“不会，不会啊，亲爱的！”

老先生说：“这所医院，名叫‘三烟囱医院’，我不幸的吉姆，就是唯一的病人，我希望今后也只有他一个。你们的妈妈要当护士长，医院的职员是一位保姆，一位厨师——直到吉姆好起来。”

彼得说：“然后妈妈就会接着写作啦？”

老先生说：“我们到时候再看吧。”他飞快地轻轻瞥了贝贝一眼，“也许会有点好事情发生，她就不必非写作不可了。”

妈妈也马上说：“我非常喜欢写作。”

老先生说：“我知道，您别害怕，我不会干涉您的事业。不过，未来怎么样谁也不会知道。世上确实会有非常奇妙、非常美好的事情，对吧？我们大半辈子活过来，都盼着这种事能够发生。我是否可以再来看看吉姆呢？”

妈妈说：“当然，您能让我来护理他，我真不知怎么感谢您呢。可爱的孩子呀！”

菲丽斯说：“他晚上一直叫着妈妈、妈妈。我起来两次，听见他叫了。”

妈妈低声对老先生道：“吉姆说的不是我。所以我才那么想要他留下。”

老先生站起身来。

彼得说：“妈妈，您能让他留下，我真高兴！”

老先生说：“亲爱的孩子们，好好照顾妈妈。她是千里挑一、万里挑一的女性啊。”

贝贝轻声说:“对啊，可不是么！”

“愿上帝保佑她！”老先生握住妈妈两只手，“上帝保佑她！不错，她应该让上帝保佑。哎哟，我的帽子呢？贝贝，能不能请你跟我走到大门呢？”

老先生在大门站定，说道:

“亲爱的，你真是个好孩子。你的信，我收到了。不过，你其实用不着写信。我当时在报纸上看到你爸爸的案子，我就很怀疑。我自从知道你是谁，就一直想要发现点什么。现在我做得还不是很多。可是，我还有希望，亲爱的——我还有希望。”

“啊！”贝贝有片刻工夫说不出话。

老先生说:“对——我可以说，有很大的希望。但是，把你的秘密再保留一阵子吧。你不会用虚假的希望，让妈妈难过吧？”

贝贝说:“啊，可是这希望不虚假呀！我知道您一定能做到！我写信的时候，就知道您一定能做到。这不是虚假的希望，对吧？”

老先生说:“不是。我觉得，这应该不是虚假的希望，不然我也不会告诉你了。我想，应该有人告诉你，确实是有希望的。”

贝贝说:“您不相信爸爸会做这种事吧？求您了，您说一句，您不相信吧！”

老先生说:“亲爱的，我完全肯定，他没有做这种事。”

倘若这果然是虚假的希望，却依然光芒四射，暖暖地放在贝贝的心头。接下来的日子里，这希望又照亮了贝贝的小脸儿，就像日本式的灯笼，被里面的蜡烛照亮一般。

第十四章

结　局

自从老先生来看了孙子，三烟囱的生活就再也没有跟以前一样过。尽管老先生的名字，孩子们已经知道了，却从来没有用这个名字称呼过他，至少没有外人的时候是这样。对三个孩子来说，他永远是“老先生”。我想，对我们来说，他最好也是“老先生”。我就算告诉你，他名叫斯诺克斯或者詹金斯（他其实不叫这两个名字），也不会让他在你眼中更真实，对吧？——还有，毕竟你们要准许我守住一个秘密，一个唯一的秘密。别的一切。我都已经告诉你们了，除了我在这最后一章里要告诉你们的。至少我当然没有把一切都跟你们说出来，真要说，这本书就没个了结了，那样就太遗憾了，对吧？

总之，就像我刚才说的，三烟囱的生活再也没有跟以前一样过。新来的厨师和保姆，人非常好（我不介意提他们的名字，他们一个叫克拉拉，一个叫埃塞尔温），可是他们跟妈妈说，不太想见维妮太太，说维妮太太老烦人。结果维尼太太只是一周来上两天，只管洗衣服，熨衣服了。克拉拉和埃塞尔温又说，要是没人干涉，俩人可以把所有的活儿都包下来，这就意味着，孩子们也不用端茶了，也不用收拾茶具了，也不用洗了，也不用给房间掸灰了。

这么一来，他们的生命中可就出现了一大块空白，尽管他们之前总是假装自己讨厌做家务，骗自己也互相骗。可是如今，妈妈不写作了，也不做家务了，她就有时间上课了，而上课的任务，孩子们可必须完成！不论教你的老师多么好，不论全世界哪一个地方，上课就是上课，哪怕最好的课，趣味也不如剥土豆皮，也不如生火。

另外一面，妈妈如今有了时间上课，也就有了时间玩耍，有了时间给孩子写点小诗，就跟以前一样。自从她搬来三烟囱，一直没什么时间写诗。

这些课程，有一个非常奇怪的特点：孩子们不管学的是什么，都想学别的。彼得学拉丁语的时候，觉得跟贝贝一样，学历史就好了。贝贝呢，想学的却是代数。菲丽斯正好在学代数，而菲丽斯当然以为拉丁语是最好玩的课，如此等等。

于是，这一天，孩子们坐下学习的时候，每个人都发现面前摆着一首小诗。我把这几首诗抄下来了，给你看看，妈妈的确理解了一点儿孩子们对事物的感觉，也了解到了他们用词的风格，大人可很少有做到这一点的。我猜，大多数大人的记忆力都很差，自己小时候的感觉也早就忘得一干二净了。当然，这几首小诗，模仿的是孩子们的口气。

彼得

以为恺撒是小菜，
大错特错悔不该，
小孩当初学起来；
不知课程难上难，
动词天生都脑残，
国王年号我不烦！

贝贝

一切课程谁最坏？
男女国王排成排，

要学次第怎下来；
万事都被日期累，
日期多到人反胃，
换成算术我才会！

菲丽斯

石板到处是苹果，
问我要付几多钱？
一笔一画把数填；
除法令我泪如雨，
若学拉丁似少年，
定摔石板笑开颜！

这种东西，当然，让课程变得有意思多了。你的老师能明白，你的学习不是一帆风顺；也不认为，你学会之前一直搞不懂，只是因为你太笨。这可太重要了！

后来，吉姆的腿一天天好起来，孩子们非常喜欢上楼去，跟吉姆坐在一起，听他讲学校的生活，讲别的男孩子。有个男生叫帕尔，吉姆对他的看法，好像差得不能再差了；还有另一个男孩叫小威格斯比，吉姆特别佩服他。还有三兄弟，都叫佩利，最小的叫佩利·特茨，他特别喜欢打架。

彼得听得津津有味，妈妈听了，好像也觉得挺有意思，因为她有一天给了吉姆一张纸，上面写了一首诗，是写帕尔的，还特别巧妙地提到了帕莱和威格斯比的名字，提到了吉姆不喜欢帕尔的全部原因，提到了威格斯比充满智慧的看法。吉姆高兴极了。以前可从来没有人专门给他写过一首诗。他把这首诗读了又读，直到烂熟于心，就寄给了威格斯比，威格斯比差不多也跟吉姆一样喜欢。兴许你也会喜欢呢。

新来的小男孩

小小子帕尔，成天爱炫耀，
说每次喝茶，都有牛奶面包；
说爸爸曾将一只大熊擒杀，
说妈妈总是为他剪剪头发。

他会穿上胶鞋，当雨水打湿了街道；
我听过别人叫他“怕我”的外号；
咋知道这个后生，没脸没皮，
把教名告诉了别人，他就再不着急。
打板球的时候，他也守不了门，
小球一到跟前，他就吓掉了魂，
屋里埋头看书，能看上几个小时，
不少怪异的花名儿，他全都认识。
他说自己的法语就像“没死”——
这门学问可是高傲得要死；
于是吊儿郎当，值日也不做，
说他上了学，只为学习功课；
他踢不了足球，说足球太疼，
跟佩利·特茨也打架不能；
任他努力，口哨也没法吹出，
我们一笑话，他就号啕大哭！

而小威格斯比，却说帕尔只是，
男孩们新入学时的样子。
我知道自己刚上学的时候，
可并不是这样欢乐的傻子！

吉姆说什么也不明白，妈妈怎么会聪明到写出这么一首诗的地步。别的孩子觉得，这首诗很精彩，但也很自然。你懂的，他们一直以来都很习惯，有一个会写诗的妈妈，她写诗就跟人们说话一样寻常。他们甚至还习惯了，这首诗结尾那个一脸惊讶的表情——正是吉姆的表情。

吉姆教会了彼得玩国际象棋、国际跳棋、多米诺骨牌。这一段时间，一直都很安闲，很惬意。

只是吉姆的腿越来越好，贝贝、彼得、菲丽斯也不约而同有了一种感觉，应该做点什么，让吉姆高兴高兴。不光是游戏，还应该做点真正的“大事”。可是，一开始想有个念头，都困难得要命。

大家想了又想，最后三颗脑袋全都又沉又胀。彼得说：“这样可不行。咱们要是什么办法都想不出来，就真是想不出来了，这一条路也就走到黑了。兴许有什么事情，可以自己发生，让他喜欢呢。”

菲丽斯说：“有时候，有些事情真的会用不着你做，就自己发生的。”但是，这么一说，就好像世上的事情全都是她做的一样。

贝贝沉浸在梦幻当中：“我可真希望，有什么美妙的事情发生呀！”

她说完这句话之后，刚好过了四天，就真有美妙的事情发生了。我要是能说“过了三天”就好了，童话里头，都是过了三天才会有事情的。可这不是个童话故事，而且的确是四天，不是三天。我要是不诚实，可就太丢人了。

这些天，他们似乎已经不算“铁路少年”了，随着日子一天天过去，人人心里也都有种不自在的感觉。这一天，菲丽斯终于把这种感觉讲了出来。

菲丽斯哀哀地说：“我想，铁路会不会想咱们了？咱们现在，一次也没去看过铁路。”

贝贝说：“好像这样，挺忘恩负义的。当初咱们，没有人一起玩的时候，可喜欢铁路呢。”

彼得说："珀科斯总是过来，问吉姆身体怎么样了。信号员的小儿子，也好起来了。信号员跟我说的。"

菲丽斯解释："我不是说那些人，我是说，亲爱的铁路自己呀。"

美妙的第四天，是一个星期二。贝贝说："咱们没再冲着9:15分的火车挥手，让火车把咱们的心意捎给爸爸。我真不喜欢这样。"

菲丽斯说："咱们接着挥手吧！"他们说到就做到了。

不知怎的，家里有了仆人，妈妈也不写作了，这样的变化，让他们在三烟囱的这段时间，似乎出奇地漫长；自从一切的开始，那个奇怪的早晨，他们早早起来，把水壶的壶底烧穿了，吃苹果馅饼当早饭，第一次看见铁路的早晨。

九月，通往铁路的斜坡上，草皮已经又干又脆了。长长的草叶挺立着，好像一段段金丝；娇嫩的圆叶风铃草在细长柔韧的茎秆上打颤。蔷薇绽开了淡紫色的花盘，又宽大又平整；去铁路的半道上有一座池塘，小金丝桃的金色星星，就闪烁在池塘边上。贝贝采了一大把野花，心想，吉姆那条伤腿，盖的是一条用废丝线织成的毯子，绿色粉色相间；这把花儿，要是能放到毯子上，该多好看啊！

彼得说："快点，不然就赶不上9:15啦！"

菲丽斯说："我快不了啦！啊，要命！我鞋带又开了！"

彼得说："等你结婚，沿着教堂过道走的时候，鞋带也非得开不可。你要嫁的那个男的，就该让鞋带狠狠绊一跤，让他在花里胡哨的地面上磕坏了鼻子。然后你就该说，你不嫁给他了，然后你就一直到老都嫁不出去哩！"

菲丽斯说："我才不会呢！我宁愿嫁一个鼻子磕坏了的，也不愿意谁都不嫁！"

贝贝接着说："嫁一个鼻子磕坏了的，也挺吓人的，一样吓人。婚礼上，花的香味，他就该闻不见了，那还不糟糕呀！"

“去他的婚礼上的花儿！”彼得大叫，“你看！信号板放下来了！咱们快跑！”

孩子们拔腿就跑。他们又一次对着9点15挥起了手帕，完全不介意手帕干净不干净了。

“把爱捎给爸爸！”贝贝喊着，彼得和菲丽斯也大喊——

“把爱捎给爸爸！”

老先生从头等席的窗户朝他们挥手，挥得特别用力。以前他也老这么挥手，这倒没什么奇怪。可是，真正让人惊叹的，是每扇窗户都有手帕飘扬，报纸扑闪，手掌拼命挥舞。火车沙沙响着，一声大吼，在他们跟前掠过，火车下面的小卵石起舞跳跃。然后，只留下孩子们，你看我，我看你。

彼得说：“哎呀！”

贝贝说：“哎呀！”

菲丽斯说：“哎呀！”

彼得问：“这到底是啥意思？”并没有盼着有人回答。

贝贝说：“我也不知道。老先生可能在他那一站，告诉人们，朝外面看咱们，冲咱们挥手吧。他知道，我们准喜欢！”

真奇怪，实际上的情况正如贝贝所说。老先生在自己那一站上，远近闻名，备受尊敬。这一天清晨，老先生早早来到车站。有个小伙子拿着一个好玩的剪票机器，站在一扇门边。老先生也就站在门边，每一位旅客经过，老先生都对那旅客说了什么。乘客们点头示意——这点头，表达了惊讶、好奇、怀疑、快乐、还有没好气的同意——然后走到站台上，读了老先生一张报纸的某一个部分。等乘客都上了火车，又把老先生的话传给了别的乘客，别的乘客也都看了报纸，显得很是惊讶，大部分乘客还都很高兴。然后，火车驶过三个孩子所在的栅栏，报纸呀、手帕呀，手掌呀，就发疯似的挥了起来，直到火车这一边，白色闪烁得眼花缭乱，活像马斯基林与库克剧院的放映机里放的国王加冕仪式一般。三个孩子看在眼里，仿佛这火车活了过来，而他们如此热情、如此长久地送出的热爱，火车也终于作出了回答。

彼得说："这可是最不同寻常的怪事啦！"

菲丽斯学他："最不同寻常！"

贝贝却说："你们不觉得，老先生挥手，好像还有跟平常不一样的深意吗？"

俩人说："不觉得。"

贝贝说："我觉得。我想，他是要用那张报纸，告诉我们点什么。"

"告诉什么？"彼得问，语气并不算不自然。

贝贝回答："我也不知道，可我真的，觉得特别奇怪。就跟要有什么大事之前的感觉一模一样。"

彼得说："菲丽斯的袜子要往下滑，这就是大事！"

诚哉斯言。菲丽斯冲"9 点 15"挥手，用力过猛，吊袜带给弄断了。贝贝的手绢救了急，包扎了"伤口"，三个人都回家去了。

这一天，贝贝听课觉得格外困难。有一道很简单的题：有 144 个孩子饿坏了，现有 48 磅肉，36 磅面包，要平分，每个孩子可以分到多少？这么一个答案，贝贝居然算不出来，羞愧得要死。连妈妈都担心地瞧着她。

妈妈问："亲爱的，你感觉不太好吗？"

"我也不知道。"贝贝出乎意料地说，"我不知道我感觉怎么样。不是因为我懒。妈妈，您能不能让我今天请个假？我感觉，今天我只想一个人待着。"

妈妈说："可以啊，你今天请假没问题，不过——"

贝贝的石板掉在了地上，摔裂了，裂开的地方正好是绿色小标记的地方，这标记很有用，可以在周围画图。这以后，石板也一直没有彻底复原。贝贝压根没有捡起来，就跑出了房间。妈妈在大厅里追上了她，贝贝正在一堆雨衣雨伞中间，摸索着自己的草帽。

妈妈说："贝贝，你到底怎么啦？你没生病吧？"

"我真的不知道。"贝贝的回答有点上气不接下气，"可我特别想一个人待着，看看，我脑袋，是不是真那么笨，肚子里头是不是真那么七扭八歪的。"

"你是不是躺下好一点？"妈妈把贝贝前额的头发撩到后边。

贝贝说："我上花园里去可能就感觉好点了。"

可是，贝贝在花园里也呆不下去。那些蜀葵、紫菀、秋蔷薇，好像都在等着什么事情发生。这是一个云淡风轻，阳光灿烂的秋日，此时此刻，一切似乎都在等待。

贝贝却等不及了。

她说："我下山去车站一趟，跟珀科斯聊几句，问问信号员的小儿子怎么样了。"

她就下山去了。路上，她遇见了邮局的老太太。老太太抱住贝贝，亲了她一下。可是，让贝贝吃惊的是，老太太只说了两句话。

"小可爱，上帝保佑你——"接着，停了一下之后，"往前跑吧——快跑！"

布店老板的儿子，平日有时候的表现，比文明差一点，比盛气凌人多一点。这时候却摸了摸鸭舌帽，说出了几个不寻常的字：

"早安，小姐。我肯定——"

铁匠也过来了，手里拿着一张打开的报纸，举止比刚才的人还要奇怪。他笑逐颜开，尽管平日他并不是个容易微笑的人，这已经成了规矩。这时候，他还没走到贝贝跟前，就挥起了报纸。等到跟贝贝擦肩而过，贝贝说了"早上好"，他就回答："早上好，姑娘，特别好！我真心地祝你开开心心！"

贝贝心跳加快了，自语道："哎呀！真要有什么事发生啦！我知道会有的——大家都这么古怪，好像在做梦一样！"

站长热情地握住了贝贝的手，跟压水机的手柄似的，上下摇了半天，但他并没有跟贝贝解释，为什么会对她这么热情，只是说：

"小姐，11：54 的车晚点了一阵——这段假期的时间，有些额外的行李。"说完就快步走进了他的"圣地"，这地方太神圣，连贝贝都不敢跟着他进去。

贝贝没看见珀科斯，就跟站长养的猫一起分享了站台的孤寂。这位三色猫女士，一般总是一副憩息的姿态，今天却走到贝贝跟前，在她的棕色长袜上蹭痒痒，拱起后背，摇着尾巴，发出呼噜呼噜的声音，在四周回响。

贝贝说："天哪！"贝贝弯下腰来抚摸三色猫，"今天大家怎么都这么好——猫咪呀，连你都是这样！"

直到 11 点 54 分的火车来了信号，珀科斯才出现。他也跟今天早上大家一样，手里握着一份报纸。

他说："哈啰，你在这儿呢。哎呀，要是就是这列车，可真够巧的！嘿，亲爱的，上帝保佑你！我看了报纸啦，我这一辈子，好像还没有啥事儿，让我这么高兴过呢！"他看了看贝贝又说，"小姐，像今天这样的日子，我非得这么来一下，我晓得，你不会怪我的！"说着，他在贝贝两边脸蛋上各亲了一下。

珀科斯又急急忙忙问："你没怪我吧？我不算太失礼吧？你晓得，像这样的日子——"

贝贝说："没有，没有，这当然不算失礼，亲爱的珀科斯先生。我们特别喜欢您，就跟您是我们的叔叔一样——可是——像哪样的日子呀？"

珀科斯说："就像这个！我没跟你说么，我在报纸上看见了？"

贝贝问："看见什么了？"可是11点54分的列车已经冒着蒸汽进站了，站长正四处查看珀科斯应该在的一堆地方，可这些地方都没有他。

留下贝贝一个人站着。车站的猫，一双友好的金色眼睛，从长凳下面瞧着她。

要发生什么事呢？你当然已经知道得很清楚啦。贝贝没有这么聪明。她只有那种在梦中才会造访心田的感觉，模糊、困惑、期待。她的心期待着什么，我可说不出来——也许是你我知道一定会发生的那件事——但她的思想，却什么都没有期待，几乎是一片空白；而所有的感觉，也只有疲惫、痴傻、还有一片空虚，别的什么都没有。就好像你走了远路，平时的晚饭时间早就过了，那时候身体的感受一般。

11点54分的列车上，只下来了三个人。第一个，是个乡下人，拎着两个像篮子一样的箱子，装满了活鸡，不安的黄褐色的脑袋在柳条之间探出。第二个是佩吉特小姐，杂货店老板娘的表妹，拿着一个锡盒子，还有三个棕色纸包；第三个——

"啊！爸爸！我的爸爸！"这尖叫声宛如一把利刃，刺入了火车上每一个人的心。人们纷纷把头探出窗外，看见一个高高的男人，脸色苍白，嘴唇抿成一条细线。一个小女孩，双臂双腿都紧缠着他，他也把女孩子紧紧拥在怀里。

父女俩走在路上，贝贝说："我就知道，一定有美妙的事要发生了，可是我没想到，会是这样子呀！啊，爸爸，我的爸爸！"

爸爸问："那这么说，我的信，妈妈没收到？"

"今天早上没有信。啊，爸爸！真是你吗，没错吧？"

一只手的紧握，告诉她，这真是爸爸回来了。她没有忘记这只手。“贝贝，你得自己先进去了。非常小声、非常小声地告诉妈妈，一切都好。他们已经抓住了那个真正的犯人。现在大家都知道了，不是你爸爸干的。”

贝贝说：“我一直都知道，不是您！我知道，妈妈知道，我们的老先生也知道！”

爸爸说：“对，都是他（老先生）的功劳。妈妈给我写信了，说你已经发现了我的麻烦。还告诉我，你对她有多么重要。我亲爱的闺女呀！”接着，父女俩停了一分钟。

我看着他们穿过了田野。贝贝进了屋，努力不让眼睛抢在嘴唇之前说话，让嘴唇先找到合适的词语，来“非常小声、非常小声地告诉妈妈”，告诉她，悲伤、挣扎、分离，已经一去不复返了，爸爸已经回家了。

我看着爸爸走进花园，等待着，等待着。他在看那些花儿。春天和夏天，几个月当中，有的眼睛只看到了铺路石、砂砾、还有些哀怨的小草。在这些眼睛看来，每一朵花都是一个奇迹。但他的眼睛却总是转向房子。很快，他就离开了花园，站在了最近的一扇门外。这是房子的后门，院子那一端，盘旋着几只燕子。这些燕子已经准备停当，要逃离严霜与寒风，飞向四季如春的国度。当初孩子们用泥土造的小巢，就是给这些燕子准备的。

房门打开了。贝贝的声音招呼：

“进来，爸爸，进来呀！”

他走进屋子，房门关上了。我觉得，我们既不应该把门打开，也不应该跟在他的身后。我想，此刻，这里已经不需要我们了，还是悄悄走开，赶快走开吧！在田野的尽头，在细长的金色草叶、蓝铃花、山葡萄、金丝桃之间，我们或许只能再回过头来，向着那座白色的房子，看上最后一眼。不论是我们，还是任何其他人，都不应该留下了！